B<u>o</u>D

AF220808

„Wärter! Der Pott!"

Dieser Satz klingt mir immer noch im Ohr. Aber warum? Ich sage immer: Der Inhalt liegt im Detail, und da kannst du dir jede Arbeit anschauen, so oder so. Ob du den Wärter zum Akademiker kürst oder den Akademiker zum Wärter machst, Wärter bleibt Wärter, und Scheißtopf bleibt Scheißtopf, das bleibt sich gleich. Aber jetzt mal ganz von Vorne: Warum wird jemand Krankenschwester, Krankenpfleger, Altenpflegerin oder Altenpfleger? Warum nicht Ärztin oder Arzt? Der *Schmidbauer* sagt, das ist das Gefühl der eigenen Hilflosigkeit, und dieses Gefühl kommt aus der eigenen Kindheit, und aus diesem Gefühl entsteht dann das Helfersyndrom, quasi der Altruismus, quasi der Gutmensch: weil die Anderen sollen es besser haben, und im Altenheim und auf der Intensivstation und auf der Inneren im Krankenhaus und und und kommt dann der Realitätsschock, und spätestens ein zwei Jahre nach der Ausbildung mutiert der Altruist mit dem Helfersyndrom zum hilflosen Helfer, und dann musst du gehen, sonst kommt der Burnout…

Lothar Schenk wurde 1954 im Münsterland geboren und lebt in Südthüringen.

Lothar Schenk

Wer pflegt hat die Arschkarte

Satirisch Kritische Erzählung

Informationen über den Autor und seine Bücher
finden Sie auch auf seiner Website
lothar-schenk.jimdo.com

© 2021 Lothar Schenk
Herstellung und Verlag:
BoD - Books on Demand, Norderstedt
ISBN: 978-3-7534-7966-8

Prolog

„Wärter! Der Pott!"

Dieser Satz klingt mir immer noch im Ohr. Aber warum? Ich sage immer: Der Inhalt liegt im Detail, und da kannst du dir jede Arbeit anschauen, so oder so. Ob du den Wärter zum Akademiker kürst oder den Akademiker zum Wärter machst, Wärter bleibt Wärter, und Scheißtopf bleibt Scheißtopf, das bleibt sich gleich. Aber jetzt mal ganz von Vorne: Warum wird jemand Krankenschwester, Krankenpfleger, Altenpflegerin oder Altenpfleger? Warum nicht Ärztin oder Arzt? Der *Schmidbauer* sagt, das ist das Gefühl der eigenen Hilflosigkeit, und dieses Gefühl kommt aus der eigenen Kindheit, und aus diesem Gefühl entsteht dann das Helfersyndrom, quasi der Altruismus, quasi der Gutmensch: weil die Anderen sollen es besser haben, und im Altenheim und auf der Intensivstation und auf der Inneren im Krankenhaus und und und kommt dann der Realitätsschock, und spätestens ein zwei Jahre nach der Ausbildung mutiert der Altruist mit dem Helfersyndrom zum hilflosen Helfer, und dann musst du gehen, sonst kommt der Burnout.

Und jetzt pass auf. Die beruflichen Lügen! Die täglichen Lügen! Die Realität! Ich sage immer, wer sich *New Age* oder den anderen weltweiten Glaubenspredigern anschließt wird nicht erlöst

5

sondern geistig vernebelt, und da siehst du, wozu die gläubige geistige Vernebelung führen kann: Qualitätsmanagement! Was die Qualitätsmanager sagen und schreiben ist zum Evangelium des eigenen beruflichen Handelns geworden, eigenverantwortliches Denken und verantwortliches Handeln, der soziale und gesunde Menschenverstand, werden von Anderen standardisiert, und was nicht im Qualitätshandbuch steht ist Häresie, quasi berufliche Ketzerei, ich glaube also bin ich(Gedankensprung: Du kannst dich sicherlich noch an den *Descartes* erinnern, damals haben die noch Alles auf lateinisch geschrieben, das war auch egal, weil die Meisten damals sowieso nicht lesen und schreiben konnten, aber jetzt wieder zurück zum *Descartes*, der hat geschrieben: *Cogito ergo sum*, also übersetzt: *Ich denke also bin ich*! und nicht: Ich glaube also bin ich…), und ich handele nach dem Qualitätshandbuch also bin ich, quasi Scholastik und berufliche Inquisition, und wenn etwas im Qualitätshandbuch steht, dann glauben (fast!)alle, dass diese Worte und Sätze sich im täglichen Handeln auch widerspiegeln, egal wie weit die tägliche pflegerische Realität von diesen Worten und Sätzen bereits entfernt ist…

6

1

Alle Fragen und Gedanken. Hin oder her. Die haben nur dieses eine verfluchte Ziel. Nein! Nicht Erlösung von alledem. Nein. Nichts Neues. Noch nicht einmal den Versuch dessen. Nichts. Nur Ordnung. Ordnung! Und dann kannst du schauen, wo du bleibst. Dann kannst du schauen, wo du bleibst, mit deinen Wünschen, und mit deinen Träumen.

Solche Sachen kommen immer mitten in der Nacht. Fernsehen! Damit die keiner sieht. Außer Säufer und Frührentner und Idioten. Die haben eh nichts anderes zu tun. Die machen nichts, und die verraten nichts.

Hör zu. Es ist völlig wurscht was Liliane Gnutzig, Hans-Peter Wutzig, oder Professor Dr. Dr. Pelzig und und und sagen oder schreiben: Alles Quatsch! *Wichtich is aufn Platz* oder *Wer viel redet lücht viel*, diese Weisheiten bekannter deutscher Fußballgrößen sind auf die heutige Pflege Eins zu Eins übertragbar. Warum? Nehmen wir den Fußball. Der frühere Fußball war theoretisch und praktisch noch nicht voneinander getrennt: Es gab nur Fußball! Und heute? Nehmen wir jetzt die Pflege. Die frühere Pflege war theoretisch und praktisch noch nicht voneinander getrennt. Sie bildete eine Einheit! Und heute? Und jetzt nehmen wir die Medizin. Die frühere(Hochschul-)Medizin bildete schon immer

7

eine Einheit. Sie entwickelte zwar im Verlauf verschiedene Facharztdisziplinen. Doch Arzt ist und war immer schon Arzt, und Ärzte und Fachärzte dürfen und durften Alles und Alle(ob sie das auch tun sollten sei dahingestellt) behandeln. Es gibt in der Medizin keine theoretische und praktische Trennung, so etwas nennt sich *Profession*, und darüber sollten wir nachdenken!

Fazit: Wenn, wie im Fußball, immer mehr Faktoren eine Rolle spielen, die mit dem praktischen Fußball nichts mehr gemeinsam haben(Spielerkauf, Medien, Lobbyismus, usw.), dann laufen Theorie und Praxis zwangsläufig immer mehr in unterschiedliche Richtungen. Und wie ist es in der heutigen Pflege? Da ist es ähnlich wie im heutigen Fußball. Bloß müssen die SpielerInnen in der Pflege in wesentlich beschisseneren Arenen und auf wesentlich beschisseneren Plätzen spielen wie die Fußballer. Sie sind meist nicht privat versichert, so wie die Fußballer, sie erhalten keine individuelle Förderung und Betreuung, so wie die Fußballprofis, und werden, das hätte ich ja fast vergessen, für psychische und körperliche Schwerstarbeit in der praktischen Pflege mit einem Hungerlohn abgespeist, der im Rentenalter dann automatisch in die (denn was sind 2021 oder später 1200.- Euro Nettorente monatlich noch wert!?) Altersarmut einmündet.

2

Draufgehen muss jeder selber. Und drauf geht man wie eine uralte verlauste Straßentöle. Das hätten die meisten niemals gedacht, dass das so ist, und das hätten sie natürlich gerne anders gehabt. Aber falsch! Ist nicht so! Die Würde des Alters? Ein würdiger Tod? Alles Quatsch! Das gibt es nicht! Es gibt nur einen sinnlosen ekelhaften Abgang, und ein jeder kann sich freuen, wenn das Grauen und die Schmerzen irgendwann nachlassen.

Jetzt pass auf. Wohin meinst du denn, dass du kommst, wenn du diesen unglaublichen Sterbevorgang hinter dich gebracht hast? Ins Paradies? Oder in die Hölle? Blödsinn! Alles Quatsch! Du wirst entsorgt wie eine Sperrmülltüte, und spätestens nach drei Jahren bist du in den Köpfen deiner Freunde vollständig gelöscht. Aber vorher bist du noch wochenlang im Krankenhaus und hast wegen der vielen Medikamente und wegen dem Essen Probleme mit der Verdauung und musst im Bett liegen.

Und dann hebt sich die Bettdecke. Das sind die Auspuffgase aus dem Verdauungsreaktor. Und dann spuckt der Reaktor minutenlang teerig-schwarze Lava auf das frischbezogene Bettlaken, wie der Ätna in seinen Glanzzeiten, und nach einigen nicht enden wollenden Minuten ist das Bett frisch geteert und es tropft noch ein wenig seitlich unter der Bettdecke raus, der Ausbruch ist beendet. Da war eindeutig ein Problem. Die Blechschüssel wurde nicht rechtzeitig untergeschoben. Aber tröstlich. Sie wäre bei diesem Ausbruch sowieso ins Bett übergelaufen, wegen der Menge.

Und jetzt pass auf. Schlimm ist nicht Durchfall. Schlimm ist Verstopfung. Und da hat die Schwester Helga, Stationsschwester Innere, den Rudi. Rudi ist Mitte 40, Krankenpfleger. Und Rudi ist Einlaufprofi. Wenn einer sagt er hat schon seit anderthalb Wochen keine Verdauung gehabt, dann ruft Schwester Helga den Rudi. Rudi hat einen Spezialeinlauf auch Rudis Reinlauf genannt. Dafür löst er ein halbes Stück Kernseife in einem Liter heißem Wasser und lässt im Kühlschrank abkühlen. Dann kommen noch 150 ml Glycerin dazu und eine Ampulle Dulcolax Spezial. Der Liter wird dann mit einem weiteren Liter Kochsalzlösung gemeinsam in den Irrigator gefüllt, vorher wird natürlich der Schlauch mit einer Klemme abgeklemmt damit kein Tropfen von der Köstlichkeit rausläuft. Der Verstopfungsopa, er sagt er hatte schon eineinhalb Wochen keinen Stuhlgang mehr, liegt im Bett auf der Seite und Rudi legt ihm ein Darmrohr. Daran schließt er den vollen Irrigator, der an einem Infusionsständer hängt, an, und öffnet und schließt immer wieder die Klemme, so dass nicht alles auf einmal reinlaufen kann. Ist alles drin im Darm zieht Rudi das Darmrohr und wischt mit der

Einmalunterlage den Hintern ab. Der Opa zieht seine Schlafanzughose hoch und rennt zur Toilette. Manche schaffen diesen Spurt nicht ganz, da klackerts schon vorher auf den Boden, aber dieser Opa schaffts bis auf den Donnerbalken, und kaum sitzt er drinnen, hört man bis Draußen ein orkanartiges Rauschen, immer wieder unterbrochen von lauten Kanonenschlägen, und das ganze geht etwa dreißig Minuten, und danach wankt der völlig entleerte Altachtundsechziger mit strahlendem Gesicht zu Rudi. Der Opa ist nicht mehr verstopft. Dafür jetzt die Toilette. Der Hausmeister muss kommen. Neulich hat eine etwas verwirrte Oma zum Rudi gemeint sie hätte schon zwei Wochen keinen Stuhlgang gehabt. Also: Rudis Reinlauf. Die Oma hat nachher auf dem Donnerbalken gekracht und geknallt wie ein Silvesterfeuerwerk und dazu hat sie geschrien wie ein kleines Kind dass seine Hand auf die glühende Herdplatte gelegt hat. 25 Minuten, die Oma hatte ja schon vorher kräftig auf den Fußboden geklackert, dann war der Spuk vorbei: komplette Entleerung aber keine verstopfte Toilette, aber die war bis zum Rand voll: dreimal abziehen und Klobürste.

Der Rudi ist auch Waschprofi. Neulich 20 Bettlägerige auf der Inneren morgens in zwei Stunden komplett. Das ist als würde einer den Marathon in drei Stunden schaffen. Dabei hat er lediglich eine obere Zahnprothese übrigbehalten.

Und alle sagten sie hätten ihre Zähne. Ergo: Trophäe.

3

Schwestern die nicht saufen sind wie Katheter die nicht laufen.

Und da gibt es ja die mediterrane Diät. Und dann bleibst du schlank und dynamisch und trinkst jeden Abend zwei Flaschen Rotwein. Und der Rote hat ja mehr als der weiße. Die Polyphenole. Und dann wirst du nicht so schnell dement wie deine alten Patienten die du jeden Tag pflegst und der Herzinfarkt und der Schlaganfall lassen auch länger auf sich warten. Und du musst ja fit bleiben denn du läufst auf einer normalen Station im Krankenhaus, im Altenheim ist das vielleicht etwas weniger, ungefähr den Halbmarathon am Tag. Da geht die Klingel, und schon wieder geht die Klingel, und die ganzen Anwendungen, und und und, und du läufst und läufst und läufst.

Jetzt das Trinken. Also pass auf. Der Hubert, Altenpfleger, geht mit der Isolde, etwas übergewichtig, Krankenschwester, mal wieder in die Kneipe. So. Und beide wohnen ja in Bayern, da sind die Gläser bekanntlich größer als anderswo. So. Und dann trinkt die Isolde doch sage und schreibe über den Abend 10 Weißbier. Und das Schöne an der Sache ist: Die Isolde wackelt noch nicht mal auffällig oder lallt. Der Hubert muss nach 6 Weißbier aufgeben, da passt nichts mehr rein, und der Gang zur Toilette ist auch schon der eines Seemanns bei Windstärke 10 auf der großen Autofähre von Brindisi nach Patras, und dann das Zielen ins Pinkelbecken, das klappt auch nicht mehr richtig.

Werden Krankenschwestern, Krankenpfleger, Altenpflegerinnen und Altenpfleger oder neuerdings Pflegefachfrauen und Pflegefachmänner schneller Alkoholiker, quasi hilflose Helfer, wie der Schmidbauer schon vor über 40 Jahren geschrieben hat? Ärzte saufen doch auch, oder? Und wie!

Also pass auf. Der Alkohol macht ja so manches mit dir, und da erzähle ich dir bestimmt nichts Neues. Und du weißt genau, warum du säufst. Gründe sind wichtig. Nicht einfach nur weil heute Montag ist, oder Dienstag, oder Mittwoch. Zum Beispiel die beschissene Kindheit, oder die Depression, oder die Frührente, und und und, das sind wahre Gründe: also Saufen. Und da siehst du wie schön das geht, beim Saufen stirbt sich's langsamer und länger, jetzt denk mal der Zug: du springst mit den besten Absichten vor die Lok, und dann werden dir nur beide Beine und der rechte Arm abgerissen, und dann kommt der Rettungshubschrauber und sie bringen dich in die Klinik, und danach bist du Rollstuhlfahrer, und zehn Jahre später lebst du immer noch. Ich sage immer, am besten funktioniert die Brücke, aber bei der Brücke darfst du niemals einen Rausch haben, weil der Rausch trübt die Sinne, und dann verschätzt du dich mit der Höhe, und dann hat´ s schon wieder nicht geklappt, nur zwei gebrochene Beine, einen mehrfachen Beckenbruch, eine mehrfach gebrochene Wirbelsäule und zwei gebrochene Handgelenke, sonst nichts, und dann kommt der Rettungshubschrauber und sie bringen dich in die Klinik, und danach bist du Rollstuhlfahrer, und zehn Jahre später lebst du immer noch.

Aber jetzt pass auf was der ausgebrannte Krankenpfleger Tolles erlebt. Kleines Intermezzo. Kannst du dich noch erinnern? Du sitzt in dieser Kneipe, und die heißt Die Schrille Dose. So weit, so gut. Und im Hinterzimmer, quasi da wo noch die Natur blüht, Raucherzimmer mit Campinggasheizer, lauter Tätowierte und Krankenschwestern, also da wirst du dann vom Sauerstoffmangel, und vom Rotwein, und vom Ouzo saufen, und vom Gasgeruch, so schnell prall, dass du dich nach Vorne, also in die eigentliche Kneipe, in den Nichtraucherbereich, setzt, wo nur die Wirtin, keine weiteren Gäste, also die Wirtin Ü 50, schwarz gefärbte Haare, nicht schlecht aussehend, hinter der Theke steht, und nach fünf gemeinsamen Schnäpsen und drei weiteren Rotweinen fragt sie dich plötzlich, was du von ihr hältst, also nur halten, also nicht gleich gemeinsam zur Damentoilette gehen und sofort, und bei Halten kommt dir dann folgende geniale Bewegungsidee, die du ihr natürlich sofort mit deiner betont ruhigen baritonen Althippiestimme mitteilen musst, während sie dir dein Rotweinglas erneut randvoll gießt. „Also pass auf", sagst du zu ihr. „Ich bin der Wolf. Klar, oder?" Sie nickt zustimmend. Also weiter. „Und der Wolf springt über die Theke. Klar, oder?" Sie nickt zustimmend. Also weiter. „Und was macht der Wolf dann?" Sie zuckt zweimal mit beiden Schultern. Also weiter! „Er…."

Danach hat´ s dann etwas gedauert. Also keine unmittelbare Reaktion ihrerseits. Zum Beispiel mit dem Wein anschütten. Oder: „Raus du Sau!" Und und und. Und es hat einige Tage gedauert bis ihr Mann…, Harley-Biker, Pseudorocker, und und und. Aber dann: lebenslängliches Hausverbot.

Kopftagebuch: Immer wieder Schwarzweißfilme.

Was sind das für Menschen, die ihr ganzes Leben mit nichts Anderem beschäftigt sind, als zu sterben? Tödliche Eltern. Tödliche Kindheit. Tödliche Schulzeit. Tödliche Beziehungen. Tödliche Jobs. Tödliche Gedanken. Tödliche Gefühle. Tödliches Leben.

Schattenmutter: Sie verbreitet die aufmunternde Atmosphäre einer mit Särgen vollstehenden Aussegnungshalle.

Tausendmal Jobwechsel. Tausendmal umgezogen.

„Ich habe in Deutschland nicht einen schönen Ort gefunden. Überall stinkt es nach Judenmord und Nazikrieg."

Gedankensprung: Gott hatte keine Zeit mehr, als er uns in diese Welt hineinwarf. Sie waren hinter ihm her, und wenig später war er verschwunden.

Und das waren seine letzten Worte: „Es ist vorbei. Es gibt kein Paradies mehr. Glaubt an die Schlange, den Jaguar und den Kondor! Sie werden euch führen."

Und der ausgebrannte Krankenpfleger erlebt noch mehr…

Die Gemeinheit, die von einem Säufer ausgeht, ist unbeschreiblich. Sie richtet sich gegen alles und alle, ob tot oder lebendig, selbst gegen eine Kaffeetasse, die vermeintlich an der falschen Stelle auf dem Tisch steht, oder gegen einen Löffel neben einem Suppenteller, oder gegen einen ungünstigen Lichtstrahl, vielleicht weil er blendet.

Jetzt pass auf, du sitzt vor der Theke auf deinem Barhocker, und der Wirt bedient den gerade erst von draußen hereingekommenen Mann vor dir, obwohl du schon vor fünf Minuten bestellt hast, viertel Rotwein mit Beiwagen, also Rotwein plus Ouzo, und jetzt fängt der Vordrängler mit dem Wirt auch noch ein Gespräch an, zum Beispiel über Fußball, und du zitterst innerlich schon gewaltig, und dann kann nach dem zehnten Rotwein mit Beiwagen natürlich das Licht schon mal gewaltig ausgehen, oder, und schon wieder Hausverbot, und dann kommt wie immer die bange Frage und jetzt, wohin jetzt, und meist erledigt sich die bange Frage von selbst, du gehst heim.

Schlimm sind die ein zwei Tage, aber der Versuch ist es doch wert, oder, du musst es versuchen, weil wenn du erst einmal Alkoholiker bist, geht gar nichts

17

mehr, und du hast zwar jedes Mal Angst vor diesen Entzugserscheinungen, aber jedes Mal hast du nur die Schlafstörungen und die schlechte Laune, manchmal auch noch das schlechte Sehen können, also kein Zittern und keine Schweißausbrüche und kein Delir.

Dein Tagwerk ist das sinnlose Aufbäumen gegen deine fortschreitende Umnachtung, und es ist diese beklemmende Verlangsamung, in deren Verlauf du wie ein sterbender Langstreckenläufer spürst, wie du immer weniger Boden gutmachen kannst.

ERLÖSUNG!

Seit du mit dem Spiel begonnen hast, steht sie in Großbuchstaben auf deiner Hirntafel, die ERLÖSUNG, und mit dem ersten Vollrausch hat sie eine vollständige Kraft entwickelt, und jetzt offenbaren sich dir große Visionen, zum Beispiel die Lichtvisionen, und die kommen aus dem Süden, mit Palmengedanken, mit Strandgedanken, mit Zypressengedanken, mit Urlaubsgedanken, mit Freundinnengedanken, mit Bikergedanken, mit Sonnenuntergängen, und seit du die südlichen Sonnenuntergänge entdeckt hast, photographierst du nur noch Sonnenuntergänge, überall, weil Sonnenuntergänge sind die kosmischen Vorboten neuer Visionen, großer Ideen von deiner eigentlichen Bestimmung, vom eigentlichen Leben, von der eigentlichen Welt, vom Universum, und Sonnenuntergänge laden dich besonders intensiv zum Trinken ein, zum Beispiel vor dem Essen, und eigentlich hat deine Suche ja schon vorher begonnen, weil vorher stand schon Freiheit auf deiner Hirntafel, aber irgendwer muss den nassen Schwamm genommen haben, und er muss sich eingeschlichen haben, nachts, während du von Freiheit und Erlösung geträumt hast, und dann hat er während einer Tiefschlafphase, oder während einer Rauschkomaphase, die Freiheit von deiner Hirntafel weggewischt, und du hast gar nichts gemerkt, einfach futsch, die Freiheit, und jetzt pass auf, ich könnte mir auch gut vorstellen, dass du das selbst warst, also das mit der weggewischten Freiheit, und du hast gar nichts gemerkt.

Nicht in der Auswahl wird das Spiel gefährlich, zum Beispiel Arbeit und Stress, oder Arbeit und Arbeitskollegen, obwohl…, sondern in der Kombination, zum Beispiel Arbeit und Stress und Feierabend und Stammkneipe, oder Urlaub und Freundin und Rotwein mit Beiwagen, oder einfach nur Freundin und Freundin und Rotwein und Rotwein, und dann kommt das Finale.

Wie sagt Malcolm Lowrys trauriger Held in Under the Volcano sinngemäß: Ein Gentleman wird sich doch wohl noch mit einer Flasche gepflegt auf eine Straße legen dürfen, oder.

Und wie pflegte dein alter Bikerfreund aus dem Ruhrpott immer zu sagen: Bloß nich dat Gas wegnehmen, dat is totale Scheiße.

Spätestens dann, wenn du zum ersten Mal beim Gv auf deiner Freundin einpennst, ist es zu spät, dann beginnt für dich die zweite Halbzeit, und das Spiel nimmt einen völlig unerwarteten Verlauf. Der Spaßfaktor geht verloren, und dem Säufer geht die Puste aus. Zuerst kaum spürbar, hat für dich die Zeit des Groben begonnen. Du bist jetzt Zwangsarbeiter der Alkoholdiktatur, und du nennst das immer noch Party.

Was war denn früher? Ich rede von deinem Hass, von deiner kalten Mutter, von deinem brutalen bösartigen Vater, von deiner beschissenen Schulzeit, von den beschissenen Lehrern, und von deiner Schwäche. Die Anderen waren immer besser und stärker, oder? Und dann hast du mit dem Spiel begonnen, und du wolltest es allen zeigen, allen, und das Spiel ging immer weiter, und du wurdest immer stärker, und sie haben dich bewundert, den tollen Spieler, den Gewinner. Damals war das Wort Säufer noch kein Thema für dich. Saufen gehörte dazu. Das war Stärke. Das war Freiheit. Das war Bewusstseinserweiterung und lustvolle Kommunikation. Das war Leben. Das war Party.

Neulich hast du am Tresen den Thorben getroffen. Du bist ein alter Mann geworden, hat er zu dir gesagt, und gleich hat er dich gefragt, wo die Frau Doktor geblieben ist, also die mit dem, du weißt schon, und dann sind dir für einen kurzen Moment fast alle Frauen Doktorinnen durch deinen angetüdelten Kopf geflogen, und einige haben sogar Do it again gesummt, und dann ist dir der Brian Wilson im Jesusgewand erschienen, da hast du dann schnell noch einen Rotwein mit Beiwagen bestellt, bevor der Thorben weiterreden konnte.

Hat er sie nicht geheiratet, hat er dich dann gefragt, und du hast nein, hat er nicht, geantwortet, und dass alt relativ ist, mal so, mal so, und dann hat dich der Thorben gefragt: Seit wann bist du hier, und du hast zehn vielleicht zwölf Minuten geantwortet, gefühlte versteht sich, und der Thorben hat dann und gesagt, einfach nur und, aber und mit Fragezeichen, und du hast ihm geantwortet: Ich habe gar nichts gemerkt. Minutenlang hat der Thorben dann über das gar nichts gemerkt nachgedacht, also mindestens zwei Rotweine mit zwei Beiwagen lang, und dann hat er dich ganz schön angriffslustig: Was, gemerkt, gefragt und du dann zurück: Ja wie schnell das alles vorbei geht, und er dann: Wie, vorbeigeht, und du: Ja das Leben, alles, und genau in diesem Augenblick haben die Beginning of the End damit begonnen Funky Nassau in deinem Kopf zu tröten, und sofort hast du Neunzehnhunderteinundsiebzig zum Thorben gesagt, und dann noch ein zweites Mal: Ich meine Neunzehnhunderteinundsiebzig, Funky Nassau, die haben damals mit Cloggs getanzt, also die Disko, und der Thorben: Keine Ahnung, Funky Nassau, was ist das denn. Der Brian Wilson hat sich dann eingeschaltet und Do it again im Kopf gespielt, und du hast zum Thorben geflüstert: Ich wollte ihr gestern…, und der Thorben hat zurückgeflüstert: Welcher, der Dicken, der mit der Kneipe, und du: Ganz genau, und plötzlich hast du eine Hausmaus,

21

einen roten runden Lutscher, einen kalten Espresso und einen leeren Staubsaugerbeutel mit Gummirand gerochen, und auf einmal hat der Thorben ganz seltsam geschaut, quasi geile Sau, aber dir ist der Blick vom Thorben ganz schnurzi wurzi, quasi egal, also weiter zum Thorben dass du beim Sex mit der Kneipenfrau die Komafüllung gehabt hast, quasi Vollbrause, und dass sie dir vor dem… noch kräftig…, also du mit heruntergelassener Hose aber nicht auf dem Barhocker sondern auf einem Stuhl vor dem Barhocker, und sie kniete auf dem Kneipenboden und besondere Betonung auf beide nackt, quasi erster Höhepunkt im Theaterstück, und dass sie das Licht angelassen hatte, und dass es draußen Zuschauer gab aber die Eingangstür hatte sie abgeschlossen, und dann…, und dass ihr euch blitzschnell anziehen musstet weil geile Spechte vor der Tür, quasi spechteln und klopfen, das hättest du dem Thorben nicht unbedingt erzählen müssen, und dass sie aufgeschlossen und alle Spechtler und Klopfer reingelassen hat, und dass die Spechte blöd gekichert haben bevor dann der Ramazotti der Ouzo der Rotwein in Strömen, das hättest du dem Thorben auch nicht unbedingt erzählen müssen. Du hast dann dem Thorben noch verraten, dass drei Penner, ach, in deiner Brust wohnen, und dass du glaubst, ach, dass du eine Zygote bist, und dass du das Lieblingsschweinchen aller Idioten bist, und dass du genauso stirbst wie er, und der Thorben ist dann aufgesprungen und hat sich weggesetzt, aber da waren ja auch noch die ganzen Anderen, und am nächsten Tag: Da weißt du nichts mehr, also du weißt nicht, dass du den Thorben getroffen hast, und du weißt nicht, dass du der dicken Gerti immer wieder deine Hand unter den Pullover geschoben hast, und worüber ihr gesprochen habt weißt du auch nicht mehr, und du weißt nicht, warum dein rechter Arm so weh tut, und warum er voller blauer Flecken ist, und dass du vier Mal vom Barhocker gefallen bist, weißt du auch nicht mehr, und warum du achtzig Euro versoffen hast, weißt du auch nicht mehr, und wo der große braune Fleck in deiner verdreckten Jeans herkommt, aber du ahnst es, weißt du auch nicht mehr.

Wieder ein Zahn abgebrochen, letzte Woche nachts schon die Plombe, und jetzt schon wieder ein Zahn, und die Woche vorher ist dir das eine Gleitsichtglas aus der Brille gefallen, beim Aussteigen aus dem Taxi und futsch, und du hasst doch diese blöden Zahnarztbesuche so.

Und jetzt pass auf. Diese Trinkerlebnisse des ausgebrannten Krankenpflegers lassen sich natürlich nicht eins zu eins auf alle Krankenschwestern, Altenpflegerinnen, Altenpfleger und Krankenpfleger übertragen. Klar, oder? Aber Krankenschwestern sind doch irgendwie wie Kerzen. Die stehen da, und warten, und wollen angezündet werden, und dann kommt der oder die Richtige vorbei und zündet sie an, und dann leuchten sie und brennen. So. Und wenn die Kerzenschwester brennt hat sie Durst, denn was brennt hat auch Brand, und der Brand muss gelöscht werden, und wie…

4

Das ganze Elend beginnt in den Siebzigern sagt der pensionierte Krankenpfleger.

Also pass auf, die Szene: Anfang April, ein Großstadtkrankenhaus, lauter denkmalgeschützte Klinikbauten in einem Park, einige sind noch aus der Barockzeit, und einige wenige im Jugendstil, und dann schwenkt die Kamera, und da sitzt du gedankenversunken am Fenster, und auf dem kleinen Elektrokocher kocht der Brühwürfel, und da fragst du schon wo seid ihr alle, aber da ist natürlich nur der heiße Brühwürfel mit Brot, und der traurige Charme aus den frühen Sechzigern ist auch noch in dem Wohnheimzimmer, sonst nichts. Da möchtest du sofort die Flucht ergreifen aus so einer Gruft, denn dann lieber den Anstreicher oder den Autoschlosser lernen, aber bloß nicht hier den Krankenpfleger.

Ihr werdet natürlich sagen, der hat doch Glück, dass der den Krankenpfleger lernen darf und dann genau Bescheid weiß wie das bei den Menschen alles funktioniert, und die Nächstenliebe und die ganze Dankbarkeit und das viele Trinkgeld auch noch obendrein, aber du sagst das ist jeden Morgen gleich, denn da war wieder die lange Nacht und die Sauferei, und die richtige Sauferei hast du ja vorher schon bei der Bundeswehr gelernt, und natürlich schon wieder kaum Schlaf, und dann kommt die Frühschicht, und die erscheint dir vorher schon im Kopf, quasi unvorstellbar, also du klapperst am ganzen Körper, wenn du im Winter in deinem Weißzeug um fünf durch den Park schleichst, also der Frühling, der ist da wesentlich barmherziger, und im Sommer ist das ja fast schon wie Urlaub. Der Herbst geht auch. Spätdienst ist etwas besser, aber dafür hast du dann am Wochenende die Schicht, also früh früh oder spät früh, denn früh spät arbeiten nur die Examinierten, da kannst du nämlich am Wochenende ausschlafen. Einmal pro Woche ist ganztags Schule. Und jeden Freitagvormittag. Und irgendwann ist Urlaub.

Da sind immer noch diese Bilder.

Der Mann ist nur noch ein Torso. Die Ärzte haben ihm nach und nach beide Beine und beide Arme amputiert. Das kann einem das Leben retten, haben sie zu ihm gesagt. Die Zucker-, die Raucher- und die Trinkerkrankheit sind schuld, haben sie zu ihm gesagt. Dann musst du die Konsequenzen tragen. Dann musst du das aushalten, wenn du leben möchtest, haben die Ärzte zu ihm gesagt.

Ein Zustand wie im Konzentrationslager, oder wie im Krieg, und die Sepsis und der Zucker, und dann schneiden sie dir die Arme und die Beine ab, und der infizierte Venenkatheter, und die infizierten Verbände, und die septische Station, und die Chirurgie, und die Antibiotika wirken nicht mehr, und die Sepsis und der Zucker, und der viele Eiter und das Fieber, und dann keine Arme und keine Beine mehr, und die Antibiotika wirken nicht mehr.

Keine Ahnung, denkst du, warum du Krankenpfleger geworden bist. Jedenfalls nicht wegen der Erlösung. Krank werden sie immer, hat die Oma gesagt. Schau mich an. Der Krieg und die Vertreibung. Und dann kannst du überall arbeiten. Sogar am Nordpol und auf dem Schiff. Das klingt irgendwie logisch, hast du damals gedacht. Wenn du heute so zurückdenkst. Jahrzehnte später. Also dieses Wort. Nächstenliebe! Und niemand kennt sie, quasi nur Blabla.

Und jetzt pass auf. In den Siebzigern war der Höhepunkt der Hippiezeit irgendwann überschritten, quasi die Hippiezeit weitgehend vorbei. Klar, oder? Und dann mussten die ehemaligen Hippies ja irgendwo hin, wenn sie nicht in Indien oder anderswo geblieben waren, quasi irgendetwas machen, dachten die Hippies, und dann haben sie die Krankenpflege gelernt oder sind Sozialarbeiter geworden, oder Goldschmied und und und, oder Straßenpenner wenn´s für gar nichts mehr gereicht hat, oder Frührentner, oder Dauerarbeitsloser, wenn das ging. So. Und mit den ganzen Hippies wehte plötzlich ein ganz neuer Wind in den Krankenpflegeschulen und in den teils noch sehr miefigen und hierarchisch strukturierten Kliniken. Nun gut, wer in die Pflege ging war schon immer etwas anders als die Anderen, quasi erleuchtet, also quasi gestört, und dann kamen noch die ganzen

Hippies dazu, und die meisten waren auch alle etwas anders als die Anderen, also quasi erleuchtet, also quasi gestört. So. Und diese neue Zeit in den Siebzigern des letzten Jahrhunderts hat den Boden dafür bereitet dass die Kranken- und Altenpflege einen neuen Stellenwert in den Köpfen der Ärzte und der gesamten Bevölkerung bekommen hat, quasi deutliche Aufwertung, und inzwischen auch Akademisierung als Professionalisierungsschritt. So. Und heute ist die Pflege ein hochqualifizierter Fachberuf, mit akademischen Bildungsmöglichkeiten, was sich auch im neuen allgemeinen, also für alle Bereiche, Altenpflege, Krankenpflege, und und und, geltenden Fachberuf „Pflegefachfrau/Pflegefachmann" widerspiegeln soll, wobei das Wort „Pflegefachfrau/ Pflegefachmann" schon etwas profan klingt, es hätte bestimmt eine schöner klingende Berufsbezeichnung gegeben.

Aber jetzt folgendes. Die Pflege bleibt trotz der vielen erfreulichen Neuerungen für die meisten Pflegenden die unmittelbare Arbeit mit und am Menschen, und zwar in allen Situationen. So. Und da sagt der *Erving Goffman* schon Ende der 50-ger Jahre des letzten Jahrhunderts dass wir alle Theater spielen, und das meint er für alle Berufs- und Lebensbereiche, und dass es eine imaginäre Vorder- und eine imaginäre Hinterbühne gibt, quasi die Vorderbühne ist für unser Schauspiel anderen gegenüber, und die Hinterbühne dient als

Vorbereitungs- und Regenerationsraum, und wenn die Hinterbühne zu klein wird, oder die Regenerationszeit auf der Hinterbühne immer kürzer wird, oder fast ganz wegfällt, dann entsteht zunehmender Psychostress, der, wenn er ohne ausreichende Regenerationszeiten auf der Hinterbühne dauerhaft wird, krank macht, im Extremfall zu Spielunfähigkeit auf der Vorderbühne, quasi zur Berufsunfähigkeit, führt. So. Und das ist heute ein zunehmendes Problem in all den Berufen wo Menschen mit dem Berufsinhalt Mensch arbeiten, Lehrer, Ärzte, Pflegeberufe und und und.

Und noch was. Die Aggression die durch den Mangel an Hinterbühne entsteht kann sich in Gruppen auch anders entladen: Mobbing.

Der *Erving Goffman* beschreibt für die angelsächsische Gesellschaft, aber das gilt so auch anderswo, folgendes:

„Jeder Ort, der durch feste Wahrnehmungsschranken abgegrenzt ist und an dem eine bestimmte Art von Tätigkeit regelmäßig ausgeübt wird, ist eine gesellschaftliche Einrichtung. Ich habe ausgeführt, daß jede derartige Einrichtung erfolgreich unter dem Aspekt der Eindrucksmanipulation untersucht werden kann. Innerhalb der Grenzen einer gesellschaftlichen Einrichtung finden wir ein Ensemble von Darstellern, die zusammenarbeiten, um vor einem Publikum eine gegebene Situation darzustellen. Zu diesem Modell gehören der Begriff des geschlossenen Ensembles und des Publikums sowie die Voraussetzung eines Ethos, das durch Regeln des Anstands und der Höflichkeit aufrechterhalten werden soll. Wir finden häufig eine Trennung in einen Hintergrund, auf dem die Darstellung einer Rolle vorbereitet wird, und einen Vordergrund, auf dem die Aufführung stattfindet. Der Zugang zu diesen Regionen wird unter Kontrolle gehalten, um das Publikum daran zu hindern, hinter die Bühne zu schauen, und um Außenseiter davon fernzuhalten, eine Aufführung zu besuchen, die nicht für sie bestimmt ist. Innerhalb des Ensembles herrscht Vertraulichkeit, entwickelt sich zumeist Solidarität, und Geheimnisse, die das Schauspiel verraten könnten, werden gemeinsam gehütet. Zwischen Darsteller und Publikum herrscht ein stillschweigendes Einverständnis darüber, daß beide Gruppen handeln, als bestünde ein bestimmtes Ausmaß an Übereinstimmung und Gegensatz zwischen ihnen. Im typischen Fall, aber nicht immer, wird die Übereinstimmung betont und der Gegensatz herabgespielt. Dem daraus entstehenden Konsensus widerspricht ein wenig die Einstellung, die die Darsteller dem Publikum gegenüber in dessen Abwesenheit sowie durch sorgfältig kontrollierte Kommunikation außerhalb der Rolle in dessen Anwesenheit ausdrücken. Wir stellen fest, daß sich abweichende Rollen entwickeln: Einige der Personen, die anscheinend Ensemblegefährten oder Zuschauer oder Außenseiter sind, erwerben

Informationen über die Vorstellung und knüpfen Beziehungen zum Ensemble an, die nicht offen in Erscheinung treten und das Problem einer Inszenierung komplizieren. Manchmal treten Störungen durch ungewollte Gesten, Fauxpas und Szenen auf, widersprechen der dargestellten Situation oder diskreditieren sie. Diese störenden Ereignisse werden zur Mythologie des Ensembles. Wir beobachten, daß sowohl die Darsteller als auch Publikum und Außenseiter bestimmte Techniken anwenden, um das Schauspiel zu retten. Um die Gewähr dafür zu haben, daß solche Techniken zum Einsatz kommen, wird das Ensemble möglichst Mitglieder wählen, die loyal, diszipliniert und sorgfältig sind, und sich taktvolle Zuschauer suchen.

Diese Grundzüge und Elemente bestimmen also das Modell, von dem ich behaupte, es sei charakteristisch für einen großen Teil sozialer Interaktion, wie sie unter natürlichen Bedingungen in der angelsächsischen Gesellschaft stattfindet. Das Modell ist so formalisiert und abstrahiert, daß es auf jede gesellschaftliche Einrichtung angewandt werden kann; es gibt jedoch nicht nur eine Begriffsbestimmung, sondern sagt etwas aus über die bewegenden Momente einer Interaktion, bei der vor einem Publikum eine Situation entworfen, eine Darstellung gegeben wird."(Erving Goffman: Wir alle spielen Theater, Die Selbstdarstellung im Alltag, München, November 1998, S. 217 – 218)

31

Und jetzt pass auf. Es gibt die Hinterbühne in der Pflege kaum noch. Wer pflegt kann sich während seiner Arbeit kaum noch regenerieren, er befindet sich im Dauerstress. Und das sind die Ursachen: Permanenter Fachkräftemangel, der Jahr für Jahr immer mehr zunimmt, bei gleichzeitiger Zunahme von Pflegebedürftigkeit in der Gesellschaft, und gleichzeitig immer stärkerer Druck durch die Arbeitgeber. Die Unternehmen(Kliniken, u.a.) sind inzwischen fast alle Wirtschaftsbetriebe(z.B. Aktiengesellschaften, GmbH´ s, usw.), die nach privatwirtschaftlichen Kriterien arbeiten. Je kürzer die Liegezeiten sind und je mehr Patienten gleichzeitig behandelt werden, desto höher ist der Gewinn, gespart wird beim Personal. Das bedeutet Dauerstress durch Unzufriedenheit mit der eigenen Arbeit, Resignation und innere Kündigung, Mobbing um kritische KollegInnen mundtot zu machen und aus dem „Team" zu drängen, hohe Personalfluktuation in Einrichtungen die qualifizierter Pflege feindlich gegenüberstehen. Die Hippiezeit in der Pflege ist lange vorbei. Ideale von qualifizierter Pflege werden heute durch die Realität systematisch zerrieben, bis die Pflegenden nur noch nach Schema F arbeiten, quasi wie am Fließband, ohne lange nachzudenken, der zu Pflegende ist zur Ware geworden, und wer dieses Theaterstück so nicht mitspielen will wird durch Kontrolle der MitspielerInnen zuerst mundtot gemacht, und wenn das nicht hilft systematisch durch Bossing und

Mobbing in die innere Kündigung getrieben bis er „freiwillig" geht. Einige werden auch „gegangen" weil sie durch den psychischen Dauerstress, einerseits die unbefriedigende Rolle als Pflegende andererseits die aggressiven KollegInnen, psychisch erkrankt, Alkoholiker, Drogenabhängige, und und und, geworden sind. Die Zunahme von nur noch befristeten Arbeitsverträgen, besonders für junge Pflegekräfte nach dem Examen, unterminiert Pflegesolidarität, da das zur Zunahme von Angst um den Arbeitsplatz führt. Pflegesolidarität wird ebenfalls durch die Arbeitgeber unterminiert indem sie zunehmend ungelernte oder nur kurz angelernte Arbeitskräfte in der Altenpflege einsetzen. Von ungelernten Arbeitskräften ist kein Aufbäumen für qualifizierte Pflege zu erwarten, da der kritische Blick und das Berufsethos aufgrund des Mangels an Ausbildung/Bildung fehlen.

Dieser Situation stehen Berufsverbände, Fachschulen und Hochschulen gegenüber die „Sekt" in der Pflege predigen und ein hohes fachliches Niveau und ein hohes Berufsethos von den Pflegekräften, gerade von den jungen und von den akademisch Gebildeten für die Führungspositionen, einfordern, und dann gibt es in der täglichen Praxis für die hoch motivierten Pflegekräfte statt „Sekt" noch nicht einmal „Selters" sondern überall, Land auf Land ab, nur noch „Brackwasser". Und das musst du wissen. Wenn du unter den gegenwärtigen Bedingungen qualifiziert pflegen willst, dann bist du selbst irgendwann pflegebedürftig, oder du steigst rechtzeitig wieder aus aus der Pflege, und dann ist nämlich wieder eine Fachkraft weniger, und der Pflegenotstand wächst und wächst.

Also pass auf. Seit der Hippiezeit in den Sechziger und Siebziger Jahren des letzten Jahrhunderts schreien schon alle Pflegeverantwortlichen es gibt einen eklatanten Mangel an Pflegefachkräften. So. Und nun schauen wir die letzten vierzig Jahre zurück und fragen uns was zwischenzeitlich passiert ist um den Pflegefachkräftemangel, den Pflegenotstand, zu beseitigen, und was stellen wir fest, die Ausbildungen sind immer verdichteter und qualifizierter, inzwischen auch akademisch, geworden, die beruflichen Möglichkeiten haben sich für Pflegefachkräfte deutlich verbessert, auch das Einkommen hat sich verbessert, bloß der Pflegefachkräftemangel, der hat sich nicht verbessert in den letzten 40 Jahren, ganz im Gegenteil, der hat sich bis heute dramatisch verschlimmert. Und woran liegt das? Die Privatisierungswelle bei den Kliniken, Heimen, und und und? Mangelnde Einsatzbereitschaft junger Menschen um einen sehr anspruchsvollen Beruf zu erlernen und danach auch auszuüben? Das immer noch mangelnde Ansehen und der ungenügende Respekt in der Öffentlichkeit? Und und und?

Aber jetzt kommt´s. Um in der Pflege grundsätzlich etwas zu verändern bedarf es einer

REVOLUTION. Das Zauberwort heißt **PROFESSION**. Da reichen eine teilweise Akademisierung und eine Standardisierung der Pflege zur Pflegefachfrau/zum Pflegefachmann bei Weitem nicht aus. Solange die akademische Pflege nicht auf Augenhöhe mit der Profession Medizin steht, kann von einer Profession Pflege keine Rede sein, und dann bleibt da ja noch die breite Masse derer, die die Pflege an Pflegefachschulen, und nicht wie Ärzte an Universitäten, erlernen. Die examinierten Pflegefachfrauen und Pflegefachmänner bilden keine Profession, denn Merkmal einer Profession ist: sie bestimmt den Inhalt ihrer Ausbildung und ihrer Arbeit selbst, in unserer Gesellschaft akademisch, sie definiert ihren gesellschaftlichen Status selbst, und sie bestimmt ihr Einkommen selbst. Das mindeste der Gefühle wäre, dass Pflegefachfrauen/Pflegefachmänner mit dem erfolgreichen Abschluss ihrer Ausbildung automatisch die Fachgebundene Hochschulreife verliehen bekommen, mit der sie Pflegewissenschaften, Pflegepädagogik, Pflegemanagement, Humanmedizin, Zahnmedizin, Tiermedizin, Pharmazie, Sozialwissenschaften, Wirtschaftswissenschaften, Pädagogik, und Sozialpädagogik/Sozialarbeit, auch für´ s Lehramt, studieren können. Das würde zwar den Beruf Pflegefachfrau/Pflegefachmann noch nicht zur Profession machen, aber es wäre ein Schritt in diese Richtung.

Solange PflegedirektorInnen nicht besser bezahlt werden als einfache AssistenzärztInnen, es muss ja nicht das gleiche Einkommen wie das der Chefärztin/des Chefarztes sein aber in diese Richtung sollte sich ein Gehalt einer Pflegedirektorin/eines Pflegedirektors schon bewegen, und solange eine Pflegepädagogin/ein Pflegepädagoge an Pflegeschulen fast noch schlechter wie GrundschullehrerInnen bezahlt wird, und nicht, wie BerufsschullehrerInnen, im höheren Staatsdienst(Studienrat/rätin, Oberstudienrat/rätin, Studiendirektor/direktorin) eingruppiert ist, ist die akademische Pflege nicht auf Augenhöhe mit der Profession Medizin.

Was sicherlich hilfreich wäre beim noch langen Weg der pflegerischen Professionalisierung wäre eine schlagkräftige und allgemein gesellschaftlich anerkannte Pflegegewerkschaft, inzwischen gibt es ja den „Bochumer Bund", die bei Tarifverhandlungen ausschließlich für die Pflegekräfte zuständig wäre. Dadurch würden die Bereiche Einkommen und gesellschaftlicher Status ein wesentlich größeres gesellschaftliches Gewicht bekommen. Der Bereich Inhalt der Ausbildung und Definition der Arbeit wird ja bereits weitgehend durch eine akademische Pflege professionell abgedeckt.

Nun nochmal zurück zum Begriff **PROFESSION**. *Eliot Freidson* hat **PROFESSION** am Beispiel der Ärzte in seinem Buch „Der Ärztestand" genau definiert.

„Ich behaupte, daß das für den Status der Medizin sowie jeder anderen Profession Entscheidende letztlich die Kontrolle über ihre eigene Arbeit ist. Angesichts einer solchen Kontrolle kann der Status anderer, an der medizinischen Arbeitsteilung teilhabender Berufe nur untergeordneter Natur sein, wie sehr man ihnen auch durch ein Berufsethos, eine lange Ausbildungszeit einschließlich Unterricht in theoretischem Wissen und durch den Anspruch, der Menschheit zu dienen, schmeicheln mag. Weiter habe ich behauptet, daß die Kontrolle über die Arbeit nicht total zu sein braucht: wesentlich ist nämlich nur die Kontrolle über die Bestimmung und Bewertung des bei der Arbeit angewandten fachlichen Wissens; die Kontrolle über die sozialen und wirtschaftlichen Bedingungen ist zwar wichtig, aber sekundär. So kann also ein Professional auch dann noch ein Professional bleiben, wenn er sozial jemandem unterstellt ist, der nicht zu seiner Profession gehört, solange er ihm nicht fachlich untergeordnet ist. Ich unterschied die Profession vom paraprofessionellen Beruf danach, welchen Platz die eine und der andere in einer organisierten Arbeitsteilung einnehmen: die Profession ist in diesem Sinne fachlich keinem anderen Beruf unterstellt, der paraprofessionelle Beruf hingegen untersteht einer Profession."(Eliot Freidson: Der Ärztestand, Stuttgart 1979, S. 157)

5

Und jetzt pass auf. Einkommen gleich Stellenwert in unserer Gesellschaft. Klar, oder? Ein Profi(Professional) muss auch wie ein Profi bezahlt werden. Klar, oder?

Und ob du es glaubst oder nicht, es gibt sogar in Europa Länder die Krankenschwestern/ Krankenpfleger, also nicht nur die in den USA oder Australien und und und, wesentlich besser bezahlen als bei uns, und da fragt sich doch jeder, warum geht das bei denen so einfach, und bei uns hört man von den Arbeitgebern, den Krankenkassen, und aus der Politik, ja sogar von den Gewerkschaften, nur Genöle, wenn es um Gehaltserhöhungen bei den Pflegekräften geht.

„(…)In Deutschland verdienen Menschen in systemrelevanten Berufen oft weniger als den Fachkräfte-Durchschnittslohn von 3327 Euro. Und das für Knochenjobs, die Leben retten. Krankenpfleger und Krankenschwestern beispielsweise setzen während der Pandemie ihr eigenes Leben aufs Spiel, um Kranke zu betreuen. Das Jahresgehalt für Krankenschwestern liegt durchschnittlich bei 42.000 Euro, also 51.210 Dollar – bei umgerechnet 47.630 Dollar Durchschnittsgehalt in Deutschland.(…)

(…)Hier sind die zehn Länder mit den höchsten durchschnittlichen Jahresgehältern für Krankenschwestern im Überblick:

Luxemburg: 114.064 Dollar (allgemeines Durchschnittsgehalt 65.449 Dollar)
Belgien: 89.445 Dollar (52.080 Dollar)
USA: 77.670 Dollar (63.093 Dollar)
Island: 74.413 Dollar (66.504 Dollar)
Niederlande: 71.497 Dollar (54.262 Dollar)
Australien: 69.315 Dollar (53.349 Dollar)
Irland: 64.924 Dollar (47.952 Dollar)
Schweiz: 63.692 Dollar (64.109 Dollar)
Israel: 62.225 Dollar (37.655 Dollar)
Kanada: 60.714 (48.849 Dollar)
Bei einem solchen Gehaltsgefälle wünscht man sich, dass Krankenschwestern und Krankenpfleger in Deutschland besser bezahlt werden. Verdient hätten Sie es definitiv!(…)"(Bild der Frau, 24.12.2020)
Das obengenannte(in Klammern stehende) Durchschnittsgehalt bezieht sich auf die Gesamtbevölkerung, quasi alle Berufe einbezogen, und da siehst du wie überdurchschnittlich eine Krankenschwester/ein Krankenpfleger im Jahr in Luxemburg verdienen kann, nämlich 114.064 Dollar jährlich bei einem jährlichen Durchschnittsgehalt der Gesamtbevölkerung in Luxemburg von 65.449 Dollar, das hat obenzitierte OECD Studie ermittelt, und Deutschland landet in dieser Studie im Ranking noch nicht einmal unter den ersten zehn Ländern

weltweit, ein absolutes, im wahrsten Sinne des Wortes, Armutszeugnis.

6

„(…)Im bundesweiten Schnitt verdient man als Altenpfleger/ Altenpflegerin in Deutschland ein monatliches Bruttogehalt von 2.466,38€.

Das ergibt umgerechnet einen Stundenlohn von 15,38€ und ein Jahresgehalt von 29.596,53€.(…)

(…)Regionale Gehaltsunterschiede spielen wegen wirtschaftsstruktureller Gegebenheiten immer noch eine Rolle. Auch beim Beruf Altenpfleger/ Altenpflegerin sind Differenzen im Verdienst vom Bundesland abhängig. In der folgenden Übersicht wird der monatliche Bruttoverdienst im jeweiligen Bundesland dargestellt.

Bundesland	Bruttogehalt in €
Hessen	2.353,69
Hamburg	2.693,92
Nordrhein Westfalen	2.438,10
Baden Württemberg	2.594,63
Schleswig Holstein	2.387,95
Bayern	2.613,45(…)"

(STEUERKLASSEN, STEUERN, GEHALT& BERUF, 2021)

Und das musst du wissen. Es gibt viele private Träger in Deutschland die einer examinierten Altenpflegerin/einem examinierten Altenpfleger nochmal deutlich weniger bezahlen, quasi ein Gehalt wie für eine/n schlecht bezahlte/n HilfsarbeiterIn.

Und dann gibt es die motivierten Pflegekräfte die behaupten, sie seien nicht in die Pflege gegangen um richtig Geld zu verdienen, sondern um anderen Menschen zu helfen, denn wenn sie hätten richtig Geld verdienen wollen, wären sie ja in die Industrie und und und gegangen. Und wenn dann dieser Altruismus enttäuscht wird, und das wird er in der Praxis recht bald, dann kommt es in Teams zu Aggressionen und Spannungen, und die entladen sich oft an Andersdenkenden und Motivierten, quasi denen die nicht nach Schema F denken und handeln wollen, dadurch aber irgendwie auch Schwachen, in Form von Mobbing.

7

Mobbing ist nicht pflegeberufsspezifisch, tritt aber gerade in dieser Berufsgruppe immer häufiger auf.

Heinz Leymann hat ein Verlaufsmodell über die vier Phasen des Psychoterrors im Arbeitsleben entwickelt, wobei Phase 1 die „harmloseste" Phase ist und Phase 4 die „schlimmste", und aus Phase 4 resultieren dann die gravierendsten Folgen für die Arbeitnehmerin/den Arbeitnehmer:

Phase 1: Konflikte, einzelne Unverschämtheiten und Gemeinheiten
Phase 2: Übergang zu Mobbing und Psychoterror
Phase 3: Rechtsbrüche durch Über- und Fehl-griffe der Personalverwaltung
Phase 4: Ausschluss aus der Arbeitswelt, und das geschieht durch: Abschieben und Kaltstellen, mehrere Versetzungen nacheinander, Einlieferung in eine Nervenheilanstalt/Psychiatrie, Frührente, Abfindung, oder langfristige Krankschreibung

(Heinz Leymann: Mobbing, Psychoterror am Arbeitsplatz und wie man sich dagegen wehren kann, Reinbek bei Hamburg, April 1993, S. 59)
Und dann hat *Heinz Leymann* noch 45 Handlungen herauskristallisiert, quasi was die Mobber tun:

„(…)Hier folgt nun eine Auflistung der 45 Handlungen, von denen uns in jenen 300 eingangs erwähnten Interviews berichtet wurde.

1. *Angriffe auf die Möglichkeiten, sich mitzuteilen*:
-Der Vorgesetzte schränkt die Möglichkeiten ein, sich zu äußern.
-Man wird ständig unterbrochen.
-Kollegen schränken die Möglichkeit ein, sich zu äußern.
-Anschreien oder lautes Schimpfen.
-Ständige Kritik an der Arbeit.
-Ständige Kritik am Privatleben.
-Telefonterror
-Mündliche Drohungen.
-Schriftliche Drohungen.
-Kontaktverweigerung durch abwertende Blicke oder Gesten.
-Kontaktverweigerung durch Andeutungen, ohne daß man etwas direkt ausspricht.

2. *Angriffe auf die sozialen Beziehungen*:
-Man spricht nicht mehr mit dem/der Betroffenen.
-Man läßt sich nicht ansprechen.
-Versetzung in einen Raum weitab von den Kollegen.
-Den Arbeitskollegen/innen wird verboten, den/die Betroffene/n anzusprechen.
-Man wird „wie Luft" behandelt.

3. Auswirkungen auf das soziale Ansehen:

-Hinter dem Rücken des Betroffenen wird schlecht über ihn gesprochen.

-Man verbreitet Gerüchte.

-Man macht jemanden lächerlich.

-Man verdächtigt jemanden, psychisch krank zu sein.

-Man will jemanden zu einer psychiatrischen Untersuchung zwingen.

-Man macht sich über eine Behinderung lustig.

-Man imitiert den Gang, die Stimme oder Gesten, um jemanden lächerlich zu machen.

-Man greift die politische oder religiöse Einstellung an.

-Man macht sich über das Privatleben lustig.

-Man macht sich über die Nationalität lustig.

-Man zwingt jemanden, Arbeiten auszuführen, die das Selbstbewußtsein verletzen.

-Man beurteilt den Arbeitseinsatz in falscher und kränkender Weise.

-Man stellt die Entscheidungen des/der Betroffenen in Frage.

-Man ruft ihm/ihr obszöne Schimpfworte oder andere entwürdigende Ausdrücke nach.

-Sexuelle Annäherungen oder verbale sexuelle Angebote.

4. Angriffe auf die Qualität der Berufs- und Lebenssituation:

-Man weist dem Betroffenen keine Arbeitsaufgaben zu.

-Man nimmt ihm jede Beschäftigung am Arbeitsplatz, so daß er sich nicht einmal selbst Aufgaben ausdenken kann.

-Man gibt ihm sinnlose Arbeitsaufgaben.

-Man gibt ihm Aufgaben weit unter seinem eigentlichen Können.

-Man gibt ihm ständig neue Aufgaben.

-Man gibt ihm „kränkende" Arbeitsaufgaben.

-Man gibt dem Betroffenen Arbeitsaufgaben, die seine Qualifikation übersteigen, um ihn zu diskreditieren.

5. *Angriffe auf die Gesundheit*:

-Zwang zu gesundheitsschädlichen Arbeiten.

-Androhung körperlicher Gewalt.

-Anwendung leichter Gewalt, zum Beispiel um jemandem einen „Denkzettel" zu verpassen.

-Körperliche Mißhandlung.

-Man verursacht Kosten für den/die Betroffene, um ihm/ihr zu schaden.

-Man richtet physischen Schaden im Heim oder am Arbeitsplatz des/der Betroffenen an.

-Sexuelle Handgreiflichkeiten.(…)"(Heinz Leymann: Mobbing, Psychoterror am Arbeitsplatz und wie man sich dagegen wehren kann, Reibek bei Hamburg, April 1993, S. 33 – 34)

Also pass auf. Es sind natürlich viele der von *Leymann* oben genannten Handlungen

MitarbeiterInnen in der Privatwirtschaft, die er befragt hat, also nicht explizit im Gesundheits- und Sozialwesen, so widerfahren, aber trotzdem lässt sich, mit ein wenig Phantasie, doch ein beträchtlicher Teil dieser Handlungen sicherlich auch auf das Sozial- und Gesundheitswesen übertragen, und ob du es glaubst oder nicht, Mobbingopfer können sich auch erfolgreich wehren, und bei bereits durch das Mobbing entstandenen gesundheitlichen Schäden können sie sich auch erfolgreich rehabilitieren lassen.

Und jetzt pass auf, was gibt es unter Menschen noch für eine Fähigkeit? Ganz genau: **Versöhnung**. Und das musst du wissen, zur Versöhnung sind alle Menschen fähig, aber das Wollen und Handeln, die zwei sind ganz wichtig.

Und es gibt Mobbingfälle wo das Glück eine große Rolle spielt, vielleicht besser gesagt „der glückliche Umstand".

„(…)Wie das aussehen könnte, zeigt ein Fall aus Bayern. Dort wurde in einer mittelgroßen Stadt bei einer Pressediskussion eine Patientin(ein Mobbingopfer), eine frühere Sekretärin, vorgeführt und interviewt. Die Journalisten berichteten am nächsten Tag in anonymisierter Form über den Fall. Natürlich erkannte man in der Firma, wo dies geschehen war, den Fall trotzdem wieder.

Es dauerte einige Wochen, da bekam die Sekretärin einen Anruf: Man sei doch sehr erschrocken gewesen, und wie es ihr denn eigentlich gehe. Und man wolle sich doch sehr entschuldigen, denn so könne man wirklich keine Menschen behandeln. Ob sie nicht zu einem Gespräch in die Personalabteilung kommen wolle, um zu sehen, wie das alles wiedergutzumachen sei. Aus dem Gespräch entstand tatsächlich etwas Gutes. Man fragte die Sekretärin, welche Arbeitsaufgaben sie sich vorstellen könne. Sie bekam einen Posten bei einem leitenden Angestellten. Schon nach kurzer Zeit gab der bekannt, daß er sehr zufrieden mit ihr sei. So eine Hilfe habe er sich seit langem gewünscht. Beinahe über Nacht setzte die Sekretärin die Psychopharmaka ab.(…)"(Heinz Leymann: Mobbing, (…), Reinbek bei Hamburg, April 1993, S. 123)

Aber jetzt zurück zur Versöhnung, denn wenn die nicht klappt hilft nur die Flucht, quasi unbefristet krankschreiben lassen, einen guten Arzt der das macht findest du immer, und dann nix wie weg, frei nach dem Motto der „Bremer Stadtmusikanten": „'Ei was, du Rothkopf,' sagte der Esel, 'zieh lieber mit uns fort, wir gehen nach Bremen, etwas besseres als den Tod findest du überall; du hast eine gute Stimme, und wenn wir zusammen musicieren, so muß es eine Art haben. ' Der Hahn ließ sich den Vorschlag gefallen, und sie giengen alle viere zusammen fort."(Gebrüder Grimm, o.J.)

Und wer alt genug ist, besser gesagt alt und krank genug ist, für den kommt sicherlich als sicherer Haften nach Mobbing die vollständige

Erwerbsminderungsrente infrage, was allerdings in der Regel mit Klinikaufenthalten in psychiatrischen Kliniken beginnt, in Reha Kliniken weitergeht und bei erfolgloser Reha dann endlich mit den von der Rentenversicherung beauftragten GutachterärztInnen für die Begutachtung zur Erwerbsminderungsrente endet, danach ist es meist geschafft, der Zeitpunkt der Erwerbsminderungsrente wird durch den Bescheid der Rentenversicherung bekannt gegeben, endlich Schluss mit dem Zirkus und den unangenehmen Theaterspielen, keine Vorder- und keine zu kleine Hinterbühne mehr, einfach nur Rente.

Jetzt was ist wichtig wenn es nicht in der Frührente enden soll, und nicht in der Flucht, wenn es zur Versöhnung kommen soll.

„(…) Neben der biologischen Grundlage zur Aggression hat der Mensch auch die zur Versöhnung. Es sind dies Fähigkeiten, die sich übrigens wahrscheinlich schon vor dreißig Millionen Jahren entwickelt haben. Zusammen mit der Entwicklung von aggressivem Verhalten, Kampf und Verfolgung innerhalb der Art haben sich auch umgekehrte Verhaltensweisen entwickelt, um einer allzu destruktiven Eskalation Einhalt zu gebieten: Versöhnung, Vergebung, Friedensvertrag, was keineswegs zur Freundschaft zu führen braucht.

Menschliches Zusammenleben umschließt sowohl Konkurrenz als auch Kooperation. Das bedeutet immer wieder Konflikte, die durch die verschiedensten Friedensstrategien beigelegt werden müssen.

In der Psychologie und der Sozialpsychologie hat man sich in hohem Maße für Konflikte, deren Ursachen und die Ursachenbeseitigung interessiert. Das hat der Meinung Vorschub geleistet, Konflikt sei etwas Negatives, das es zu vermeiden gilt. Viel weniger Forschung gibt es über die Konflikt*beilegung*. Und erst recht fehlt es an einem wissenschaftlichen Konzept, das den Konflikt akzeptiert und ihm nicht den ewigen Frieden als Gegenpol entgegensetzt. Da Konkurrenz und Kooperation zum Alltag gehören, kann es den ewigen Frieden nie geben. Streitigkeiten schlichten zu können dient der Aufrechterhaltung von menschlichen Beziehungen, die sich als wertvoll erwiesen haben – trotz gelegentlichem Konflikt. Kann man in perfekter Harmonie kooperieren – desto besser. Aber auch gelegentliche Streitigkeiten und Drohungen müssen als „normal" anerkannt werden. Puritanische moralische Vorwürfe sind fehl am Platz, wenn Menschen von einer Zusammenarbeit profitieren, die aus einem steten Fluß von Kooperation, Streit, Versöhnung und wieder Kooperation besteht. Was es zu verhindern gilt, sind die *unkontrollierten* Feindseligkeiten, die nur noch destruktivem Handeln Vorschub leisten. Eskalationen, die sich zu Vergeltung, Rache, Haß und Dauerfehde versteigen, muß Einhalt geboten werden.(…) Das wenige systematische Wissen über menschliches Versöhnungsverhalten, das es tatsächlich gibt, beruht auf Beobachtungen bei Kindern.(…)

Daß ähnliche systematische Forschungen an Arbeitsplätzen noch nicht gemacht worden sind, hängt einerseits mit dem zusammen, was schon vorgetragen wurde: daß es in der Psychologie und Sozialpsychologie wichtiger erscheint, über Konfliktprävention zu forschen. Andererseits hängt es aber auch mit den praktischen Schwierigkeiten zusammen, Erwachsene an ihren Arbeitsplätzen zu beobachten. Ohne eine Forschung dieser oder ähnlicher Art wird man jedoch nicht weiterkommen können.(…)"(Heinz Leymann: Mobbing, (…), Reinbek bei Hamburg, April 1993, S. 155 – 156)

Und ob du es glaubst oder nicht, es gibt keine Forschung darüber wie man sich am Arbeitsplatz wieder versöhnen kann, Forschung gibt es nur bei Kindern und die sind ja bekanntlich nicht an ihrem Arbeitsplatz sondern im Kindergarten oder in der Schule, und dann gibt es natürlich auch keine erprobten Konzepte, wie Konflikte und daraus resultierendes Mobbing am Arbeitsplatz gelöst werden könnten, da bleibt dir bei Mobbing nur die Standhaftigkeit und die Suche nach Verbündeten, und wenn das nicht geht die Personalleitung, und wenn die nicht hilft, dann hilft vielleicht noch der Rechtsanwalt und das Gericht, aber wenn es so weit gekommen ist, ist eh schon alles zu spät, da hilft nur noch die Flucht in die langfristige Krankschreibung, und dann nix wie weg aus dem „Mobbingladen" und schnell eine neue Stelle gesucht.

Natürlich muss sich jeder auch die kritische Frage stellen warum gerade er in einem Team zum Mobbingopfer wird, quasi die Opferrolle im Theaterspiel bekommt, obwohl er die gar nicht haben möchte.

8

Und jetzt pass auf was in der Pflege, mehr noch als Mobbing, immer mehr zunimmt: **Burn out**, und da wird der Stress im Beruf immer größer, und die Regenerationszeiten auf deiner „Hinterbühne" sind kaum noch vorhanden, und da mobbst du dich quasi selbst solange, mit überhöhten Leistungsanforderungen an dich, mit überhöhtem Idealismus, und und und, bis du genau so fertig bist wie in einem Zustand nach jahrelangem schweren Mobbing, quasi Fall für die Psychiatrie, und Aspirant für die vollständige Erwerbsminderungsrente. So.

„Burn-out oder Burnout (auch Burnout-Syndrom, von englisch burn out, „ausbrennen") ist ein Oberbegriff für bestimmte Arten von persönlichen Krisen, die als Reaktion auf andauernden Stress und Überlastung am Arbeitsplatz auftreten.[1][2](…)

Burn-out geht mit emotionaler Erschöpfung, einem Gefühl von Überforderung sowie reduzierter Leistungszufriedenheit einher. Die Symptomatik wird allerdings uneinheitlich beschrieben (Matthias Burisch identifizierte mehr als 130 Symptome) und überlappt mit der diverser anderer Störungsbilder (z. B. Depression).[3] Burnout-Syndrome können mit eher unauffälligen Frühsymptomen beginnen und bis hin zu völliger Arbeitsunfähigkeit oder Suizid führen.[1]

Als Ursachen für Burnout wird häufig auf die Rolle von Stress verwiesen;[4] diskutiert werden dabei sowohl äußere Faktoren der (Arbeits-)Umwelt, als auch persönliche Dispositionen (wie Perfektionismus oder die Unfähigkeit zur Abgrenzung).[1] Burnout kann auch mit Depersonalisation infolge einer Diskrepanz zwischen eigener Erwartung und Realität einhergehen und Endzustand eines Prozesses von idealistischer Begeisterung über Desillusionierung, Frustration und Apathie sein.[5] Die Lebenszeit-Prävalenz von Burnout in Deutschland beträgt laut der bevölkerungsrepräsentativen „Studie zur Gesundheit Erwachsener in Deutschland (DEGS1)" 4,2 % und die 12-Monats-Prävalenz 1,5 %.[6][7](…)

Die erste Erwähnung von Burnout als eines psychologischen Phänomens, das bei Helfern (hier: Bewährungshelfern) anzutreffen ist, findet sich 1969 bei Bradley.[8][9] Als Entdeckungszusammenhang gelten aber die Beobachtungen von Herbert Freudenberger, die dieser im Laufe seiner ehrenamtlichen, von tiefen Verpflichtungsgefühlen geprägten Tätigkeit in einer Free Clinic machte und 1974 unter dem Titel Staff Burn-Out[10] veröffentlichte.[11] Der Begriff Burn-out tauchte wiederholt in den 1970er Jahren in den Vereinigten Staaten in der Öffentlichkeit im Zusammenhang mit Pflegeberufen auf. Populär war er bereits 1960 durch den Roman von Graham Greene mit dem Titel A Burnt-Out Case geworden. Erste wissenschaftliche Artikel zu diesem Thema neben dem Aufsatz von Freudenberger erschienen ab 1976 bspw. von der Sozialpsychologin Christina Maslach (University of California, Berkeley).[12] In diesen grundlegenden Arbeiten wird das Burnout-Syndrom als Reaktion auf chronische Stressoren im Beruf beschrieben. Nach Maslach hat es drei Dimensionen: eine überwältigende Erschöpfung (overwhelming exhaustion) durch fehlende emotionale und physische Ressourcen (Energien) als persönlicher Aspekt, Gefühle des Zynismus und der Distanziertheit (detachment) von der beruflichen Aufgabe (Job) als zwischenmenschlicher Aspekt und ein Gefühl der Wirkungslosigkeit (inefficacy – wegen mangelnder Ressourcen) und verminderter Leistungsfähigkeit als Aspekt der Selbstbewertung (Selbstbild; vgl. Selbstwirksamkeitserwartung).[13] Freudenberger beschrieb Burnout als superachiever-sickness. Die Krankheit sei der Preis allzu hoher Aspirationen und extremer Erfolgsorientierung oder hoher moralischer Ansprüche.[14] Als besonders betroffen gelten aber auch Berufe, bei denen mit Menschen (als Klienten) gearbeitet wird, die sich in emotional belastenden Situationen befinden.[15] Seit den 1990er Jahren wird Burn-out immer wieder auch im Zusammenhang mit anderen Berufsgruppen diskutiert, was jedoch auf der Grundlage von Metaanalysen kritisch zu beurteilen ist.[16] Seit

2007 hat sich die Diskussion zu Burnout-Bedrohungen und -Ursachen auf Management-Kräfte verallgemeinert.[17][18][19] Auch in den Medien hat sich der Begriff Burnout verbreitet.[20] Viele Psychiater halten das Burnout-Syndrom hingegen für eine Modediagnose, die als Grundlage zahlreicher Arbeitsunfähigkeitsbescheinigungen ein gesundheitsökonomischer Faktor geworden sei und die Diagnose einer Depression behindern könne.[21][22][23][24](…)

Burnout wird in der Internationalen Klassifikation der Erkrankungen (ICD-10) den Faktoren, die den Gesundheitszustand beeinflussen und zur Inanspruchnahme des Gesundheitswesens führen (Z00-Z99) zugeordnet – insbesondere zur Charakterisierung von Personen, die das Gesundheitswesen aus sonstigen Gründen in Anspruch nehmen (Z70-Z76). In der deutschen Adaptation ICD-10-GM gehört Burn-out zur Kategorie Z73 als „Ausgebranntsein" – gemeinsam z. B. mit dem „Zustand der totalen Erschöpfung".[25] Der Abschnitt Z73 umfasst „Probleme mit Bezug auf Schwierigkeiten bei der Lebensbewältigung". Im aktuellen Klassifikationssystem der American Psychiatric Association, dem diagnostischen und statistischen Handbuch psychischer Störungen (DSM-5), wird Burn-out nicht als eigenständige Diagnose aufgeführt.[26]

Burnout ist im Unterschied zu Depression keine Behandlungs-, sondern eine Rahmen- oder Zusatzdiagnose.[27] Ein reines Burnout-Syndrom ist ein Ausschlusskriterium für eine Neurasthenie (F48.0), die in der Diagnose aber als Burnout-basiert beschrieben wird und die Leistungspflicht eines Krankenversicherers begründen kann. Auch wird die Depersonalisierung (F48.1) als ein mögliches Symptom des Burnouts betrachtet.

In der Version ICD-11, die ab Januar 2022 gelten soll, ist Burn-Out als Syndrom aufgrund von „Stress am Arbeitsplatz, der nicht erfolgreich verarbeitet werden kann" definiert.[28] Dabei heißt es ausdrücklich, das Syndrom solle nicht verwendet werden, um Erfahrungen in anderen Lebensbereichen zu erfassen, sondern auf den Arbeitsplatz beschränkt sein.[29](…)

Burnout wird in der Internationalen Klassifikation der Erkrankungen (ICD-10) den Faktoren, die den Gesundheitszustand beeinflussen und zur Inanspruchnahme des Gesundheitswesens führen (Z00-Z99) zugeordnet – insbesondere zur Charakterisierung von Personen, die das Gesundheitswesen aus sonstigen Gründen in Anspruch nehmen (Z70-Z76). In der deutschen Adaptation ICD-10-GM gehört Burn-out zur Kategorie Z73 als „Ausgebranntsein" – gemeinsam z. B. mit dem „Zustand der totalen Erschöpfung".[25] Der Abschnitt Z73 umfasst „Probleme mit Bezug auf Schwierigkeiten bei der

Lebensbewältigung". Im aktuellen Klassifikationssystem der American Psychiatric Association, dem diagnostischen und statistischen Handbuch psychischer Störungen (DSM-5), wird Burn-out nicht als eigenständige Diagnose aufgeführt.[26]

Burnout ist im Unterschied zu Depression keine Behandlungs-, sondern eine Rahmen- oder Zusatzdiagnose.[27] Ein reines Burnout-Syndrom ist ein Ausschlusskriterium für eine Neurasthenie (F48.0), die in der Diagnose aber als Burnout-basiert beschrieben wird und die Leistungspflicht eines Krankenversicherers begründen kann. Auch wird die Depersonalisierung (F48.1) als ein mögliches Symptom des Burnouts betrachtet.

In der Version ICD-11, die ab Januar 2022 gelten soll, ist Burn-Out als Syndrom aufgrund von „Stress am Arbeitsplatz, der nicht erfolgreich verarbeitet werden kann" definiert.[28] Dabei heißt es ausdrücklich, das Syndrom solle nicht verwendet werden, um Erfahrungen in anderen Lebensbereichen zu erfassen, sondern auf den Arbeitsplatz beschränkt sein.[29](…)

Die Leitsymptome sind mit Erschöpfung und verminderter Leistungsfähigkeit unspezifisch. Folgt man dem Diagnoseschlüssel der ICD (vital exhaustion) und legt man die Forschungsergebnisse zur Diagnose des Burnout-Syndroms seit Mitte der 1970er Jahre zugrunde, dann zeigen die wichtigsten validierten Testverfahren, über welche Symptome das Burnout-Syndrom heute operationalisiert wird. Ausgangspunkt ist dabei das weltweit am häufigsten eingesetzte Maslach Burnout Inventory (MBI). Dieses wurde unter anderem durch das Copenhagen Burnout Inventory (CBI) und das Oldenburg Burnout Inventory (OLBI) modifiziert, aber im Kern nicht verändert.[30] Auf dieser Grundlage lassen sich die Symptome in drei Kategorien (Dimensionen) einteilen:[31]

Emotionale Erschöpfung (exhaustion oder fatigue): Diese Erschöpfung resultiert aus einer übermäßigen emotionalen oder physischen Anstrengung (Anspannung). Es ist die Stress-Dimension des Burnout-Syndroms. Die Betroffenen fühlen sich schwach, kraftlos, müde und matt. Sie leiden unter Antriebsschwäche und sind leicht reizbar.

Depersonalisierung: Mit dieser Reaktion auf die Überlastung stellen die Betroffenen eine Distanz zwischen sich selbst und ihren Klienten (Patienten, Schülern, Pflegebedürftigen oder Kunden) her. Das äußert sich in einer zunehmenden Gleichgültigkeit und teilweise zynischen Einstellung diesen gegenüber und die Arbeit wird zur unpersönlichen Routine.

Erleben von Misserfolg: Die Betroffenen haben häufig das Gefühl, dass sie trotz Überlastung nicht viel erreichen oder bewirken. Es mangelt an Erlebnissen des Erfolges. Weil die Anforderungen quantitativ und qualitativ steigen und sich ständig verändern, erscheint die eigene Leistung im

Vergleich zu den wachsenden Anforderungen gering. Diese Diskrepanz zwischen Anforderungen und Leistungen nimmt der Betroffene als persönliche Ineffektivität bzw. Ineffizienz wahr. Dies ist mit eine Folge der Depersonalisierung, weil die Betroffenen sich von ihren Klienten entfernt haben und auf deren Erwartungen nicht mehr wirksam eingehen können. Darunter leidet der Glaube an den Sinn der eigenen Tätigkeit.

Das Burnout-Syndrom kann ähnliche Symptome wie das Boreout-Syndrom aufweisen: Der Begriff stammt vom englischen bore = (sich) langweilen und bezeichnet den Zustand beruflicher Unterforderung und Unzufriedenheit. Dieser Zustand kann von gleichzeitig hoher Geschäftigkeit und reduzierter Leistungsfähigkeit sowie emotionaler Erschöpfung begleitet sein.[32] Freudenberger nennt auch Orientierungslosigkeit, Verweigerungshaltung und sogar Paranoia als gelegentliche Begleiterscheinungen.[33](…)

Die Burn-out zugeschriebenen Symptome können auch auf andere psychische Erkrankungen hinweisen. Deshalb kann eine Diagnose ausschließlich von entsprechend qualifizierten Experten gestellt werden.

Differentialdiagnostisch kann von Burnout laut ICD dann gesprochen werden, wenn keine Berufsunfähigkeit besteht oder keine andere psychiatrisch definierte Krankheit wie Neurasthenie (F48.0), Panikattacke (F41.0) und keine allgemeine

Ermüdung (R53), die nach schwerer Arbeit oder zu kurzem Schlaf auftritt, vorliegt.[34] Bereits in den 1980er Jahren war die Konstruktvalidität des Burnout-Syndroms Gegenstand der wissenschaftlichen Diskussion und es zeigte sich, dass Burnout enger mit depressiven Tendenzen korreliert als mit Arbeitszufriedenheit und es in dieser Beziehung Überlappungen gibt.[35]

Neben allgemeinen diagnostischen Methoden (z. B. Anamneseerhebung) kommen zur Diagnostik auch spezifische Fragebögen zum Einsatz. Die Diagnosestellung ist nicht alleine auf das Individuum bezogen, sondern bezieht Umweltbedingungen (Beanspruchung und andere objektive Merkmale der Tätigkeit sowie die sozialen Beziehungen) mit ein. Dabei kann Diagnostik auch auf Fremdbeurteilung angewiesen sein. Die Fachperson entscheidet dabei, welches Diagnoseinstrument sie einsetzt. Anonym bereitgestellte Tests können in der Regel keine verlässliche Diagnose für Burn-out liefern.[36] Das gilt auch für die inzwischen unübersehbare Vielfalt an Ratgebern, die nicht durch Fachpersonen erstellt worden sind.

Geeignete und häufig eingesetzte Fragebogen sind:

Das Maslach Burnout Inventory – MBI, bei dem Aussagen aus den Kategorien emotionale Erschöpfung, Depersonalisierung und

Leistungszufriedenheit nach Intensität und Häufigkeit beantwortet werden müssen. Die Fragen der ersten Version des MBI bezogen sich ausschließlich auf helfende Berufe.[37] In späteren Überarbeitungen wurden eine Version für Lehrer (MBI-Educators Survey) und eine berufsübergreifende Version (MBI-General Survey) eingeführt.[38] Die einzige offizielle deutsche Übersetzung des MBI (das MBI-D) bezieht sich auf „Patienten".[39]

Das Trierer Inventar zum chronischen Stress – TICS erfasst auf der einen Seite die Anforderungen (Arbeitsüberlastung, soziale Überlastung und Erfolgsdruck) und zum anderen die mangelnde Bedürfnisbefriedigung (Unzufriedenheit mit der Arbeit, Überforderung, Mangel an sozialer Anerkennung) sowie soziale Spannungen und Isolation.[40]

Das Copenhagen Burnout Inventory – CBI soll einige Nachteile des MBI überwinden und misst Burnout mittels 19 Items in den drei Skalen: (1) Ausmaß des persönlichen Erlebens von Erschöpfung (physisch und psychisch), (2) Belastung und Erschöpfung, die der Arbeit zugeschrieben werden sowie (3) Frustration und Erschöpfung, die aus der Zusammenarbeit mit Klienten resultieren.[41](…)

Herbert Freudenberger und seine Kollegin Gail North haben zwölf Phasen im Verlauf des Burnout-Syndroms identifiziert. Die Reihenfolge muss jedoch nicht wie in der folgenden Auflistung verlaufen:[42]

1. Drang, sich selbst und anderen Personen etwas beweisen zu wollen
2. extremes Leistungsstreben, um besonders hohe Erwartungen erfüllen zu können
3. Überarbeitung mit Vernachlässigung persönlicher Bedürfnisse und sozialer Kontakte
4. Überspielen oder Übergehen innerer Probleme und Konflikte
5. Zweifel am eigenen Wertesystem sowie an ehemals wichtigen Dingen wie Hobbys und Freunden
6. Verleugnung entstehender Probleme, Absinken der Toleranzgrenze
7. Rückzug und dabei Meidung sozialer Kontakte bis auf ein Minimum
8. offensichtliche Verhaltensänderungen, fortschreitendes Gefühl der Wertlosigkeit, zunehmende Ängstlichkeit
9. Depersonalisierung durch Kontaktverlust zu sich selbst und zu anderen Personen; das Leben verläuft zunehmend funktional und mechanistisch
10. innere Leere und verzweifelte Versuche, diese Gefühle durch Überreaktionen zu überspielen wie beispielsweise durch Sexualität, Essgewohnheiten und Drogen

11. Depression mit Symptomen wie Gleichgültigkeit, Hoffnungslosigkeit, Erschöpfung und Perspektivlosigkeit
12. erste Gedanken an einen Suizid als Ausweg aus dieser Situation; akute Gefahr eines mentalen und physischen Zusammenbruchs(…)

Seit Beginn der Forschung zum Burnout-Syndrom wird dieses als Reaktion auf chronische Stressoren im Beruf beschrieben.[43] Nach Jaggi handelt es sich beim Burnout um eine körperliche, emotionale und geistige Erschöpfung aufgrund beruflicher Überlastung.[44] Nach Richard Lazarus wird Burnout durch Stress ausgelöst, der aus Sicht der betroffenen Person nicht bewältigt werden kann. Es handelt sich um ein subjektiv wahrgenommenes Auseinanderklaffen von externen (beruflichen) Anforderungen bzw. Belastungen[45] einerseits und individuellen Fähigkeiten zur Bewältigung der Beanspruchungen[45] andererseits.

Diese Diskrepanz ist oft mit dem Gefühl der Ohnmacht verbunden.[46] Zentral ist dabei die (vermeintliche oder zutreffende) Annahme der Überforderung oder mangelnden Kontrolle (Kontrollüberzeugung). Dazu wurden nach David Myers einige Tierexperimente durchgeführt, deren Erkenntnisse auch auf Menschen übertragbar sind.[47](…)

Zur Erklärung von Ursachen des Burnout-Syndroms wird häufig das Konzept des

Ungleichgewichts von Leistung und Anerkennung, kurz ERI (Effort-reward-imbalance Model) von Johannes Siegrist verwendet.[48] Es basiert theoretisch auf Reziprozität, der legitimen Erwartung, dass man für Leistungen eine Anerkennung erfährt. Zur Untersuchung dieses Ungleichgewichts hat Siegrist das international angewandte und validiertere Messinstrument, den Fragebogen zur Erfassung beruflicher Gratifikationskrisen (engl. ERI questionnaire) entwickelt.[49] Der Fragebogen liegt als Lang- und als Kurzfassung vor.[50]

Beispiele für Skalen und Items nach der englischen Version des ERI sind:

„Effort"
„Ich habe permanenten Zeitdruck."
„Ich trage viel Verantwortung."
„Ich werde bei der Arbeit häufig gestört."
„In den letzten Jahren wurde meine Aufgabe immer anspruchsvoller."
„Reward"
„Ich werde von meinen Vorgesetzten nicht mit dem nötigen Respekt behandelt."
„Bei Schwierigkeiten bekomme ich keine adäquate Unterstützung."
„Ich werde oft unfair behandelt."
„Meine berufliche Zukunft ist unsicher."

Neben dem Ungleichgewicht von Effort und Reward berücksichtigt das ERI-Modell auch den Aspekt des Overcommitment (übersteigerte Verausgabungsneigung bzw. Überengagement) als unabhängigen Einflussfaktor.[51] Nach Siegrist ist dies die intrinsische Komponente der Verausgabung.[52] Die übersteigerte Verausgabungsneigung lässt sich als ein Bündel von Verhaltensweisen, Emotionen und Kognitionen verstehen.[53] Bei der Entwicklung der Skalen zur Erhebung von Overcommitment wurde auf das Konzept der Kontrollbestrebung in Weiterentwicklung des Typ-A-Verhaltenskonzepts von Friedman und Roseman zurückgegriffen.[54] Das sogenannte A-Typ-Verhalten[55] kennzeichnet Personen, die häufig hochqualifiziert oder in sozialen Berufen tätig sind.[56][57]

Dass Gratifikationskrisen, gemessen mit dem ERI-Modell, mit einer gewissen Wahrscheinlichkeit zum Burnout-Syndrom führen können, ist auf Basis von Studien plausibel, die deren Einfluss auf wesentliche Elemente des Burnout-Syndroms wie „vital exhaustion" und depressive Stimmungen zeigen.[58]

Da der Einsatz des ERI-Fragebogens ein anerkanntes[59] Verfahren im Rahmen des Arbeitsschutz ist, werden aus den damit gewonnenen Ergebnissen keine individuellen verhaltenspräventiven Maßnahmen zum Kompetenzaufbau abgeleitet, sondern strukturelle

Maßnahmen, die verhältnispräventiv ansetzen. Dieses Modell scheint zur Vorhersage arbeitsbedingter psychischer Probleme etwas besser geeignet zu sein als das JDC(S)-Modell von Karasek u. a.[60](…)

Im Anforderungs-Kontroll-Modell von Karasek (1979)[61] wurden zunächst zwei Merkmale beruflicher Tätigkeiten identifiziert, um deren Charakteristik zu beurteilen:

das Ausmaß an Anforderungen (demands), die an die Tätigkeit gestellt sind, und

das Ausmaß an Kontrolle (control), das man in Bezug auf seine Arbeit besitzt.

Gesundheitlich besonders belastend (in sog. high strain jobs) ist diesem Modell zufolge, wenn ein hohes Maß an Anforderungen und ein niedriges Ausmaß an Kontrolle (im Sinne von eigenen Entscheidungen) zusammenfallen. Danach sind diejenigen Personen durch Arbeitsstress gesundheitlich gefährdet, an die permanent hohe Anforderungen gestellt werden, zum Beispiel durch Arbeitsverdichtung, während zugleich die Kontrolle und der Entscheidungsspielraum bei der Ausführung der Aufgaben eingeschränkt sind. Typische Beispiele sind Industriearbeiter am Fließband, Verkäufer im Supermarkt oder Beschäftigte in Call-Centern. An leitende Manager oder Ärzte im Krankenhaus werden ebenfalls hohe Arbeitsanforderungen gestellt, jedoch besitzen sie in der Regel größere Kontroll- und Entscheidungsspielräume.[62]

Das Modell wurde 1988 von Johnson und Hall[63] zum Job-Demand-Control-Support-(JDCS-)Modell durch einen weiteren Faktor erweitert:

Support als soziale Unterstützung: Sozio-emotionale Unterstützung (socioemotional support) in Form von Mitgefühl, Aufmerksamkeit etc. zur Abmilderung negativer psychologischer Auswirkungen von Belastung (job strain) sowie Instrumentelle soziale Unterstützung (instrumental social support) als direkte, tätigkeitsbezogene Unterstützung, durch die dem Individuum zusätzliche Ressourcen zur Verfügung gestellt werden.

Fehlende Unterstützung kann das Ausmaß der psychischen Gefährdung weiter erhöhen bzw. soziale Unterstützung kann die Belastung (den mental strain) abmildern. Auch Karasek und Theorell sprechen 1990 vom Demand-Control-Support-Modell.[64][65]

Job-Demand-Control und -Support Modell reduzieren die Einflussfaktoren der Arbeitswirklichkeit auf die Gesundheit auf wenige Annahmen. Während die sog. Strain-Hypothese (Belastungen durch Arbeitsanforderungen) der Modelle durch Untersuchungen bestätigt ist, ist der Forschungsstand zur sog. Buffer-Hypothese (moderierender Einfluss durch Entscheidungsspielraum) inkonsistent.[66](…)

Das Arbeitsschutzgesetz schreibt seit 2013 in § 5 Abs. 3 Nr. 6 die Gefährdungsbeurteilung psychischer Belastungen vor. Die Untersuchung von psychomentalen Belastungen in Unternehmen ist international normiert durch EN ISO 10075. In Unternehmen mit Arbeitnehmervertretungen haben diese bei der Unterscheidung zwischen legitimer Belastung und schädlicher Fehlbelastung Mitbestimmungsrechte.[67] Durch Gefährdungsbeurteilungen werden Belastungen als eine Eigenschaft des Arbeitsplatzes bestimmt und nicht die Beanspruchung einzelner Mitarbeiter. Eine Verpflichtung des Arbeitgebers zur Beurteilung psychischer Belastungen findet sich auch in der Bildschirmarbeitsverordnung.

Da Burnout nicht als Krankheit gilt, fallen, je nach Erklärungsmodell, die Empfehlungen zur Prävention unterschiedlich aus. Unterscheiden lassen sich Maßnahmen zur Verhältnisprävention, die bei den (beruflichen) Belastungen ansetzen von Maßnahmen zur Verhaltensprävention, die sich dem Individuum und seiner Widerstandsfähigkeit zu widmen. Zur Unterscheidung verschiedener Präventionsarten siehe Krankheitsprävention.(…)

Im beruflichen Umfeld gibt das Arbeitsschutzgesetz der Verhältnisprävention den Vorrang. Verhältnispräventive Maßnahmen werden im Artikel Belastung (Psychologie) beschrieben. Die Vorschriften des Arbeitsschutzes[68] verpflichten die Arbeitgeber, durch die Verhältnisprävention sicherzustellen, dass die mit einem Arbeitsplatz verbundenen Belastungen keine gesundheitsschädlichen Fehlbelastungen sind.

Im Berufsfeld der sozialen Arbeit gelten neben der Unterstützung und der Wertschätzung durch Kollegen und Vorgesetzte vor allem das Angebot von Supervision sowie genügend Zeit für Freizeitaktivitäten (z. B. Sport) als wichtig für die Burnout-Prävention. Wichtig ist auch die Vermeidung zu hoher Fallzahlen bei der Arbeit mit schwierigen Klientengruppen.[69](…)

Individuelle Schutzmaßnahmen sind im Arbeitsschutz zwar „nachrangig zu anderen Maßnahmen"[70], Arbeitgeber können jedoch auch verhaltenspräventive Maßnahmen unterstützen. Diskutiert werden sowohl Maßnahmen zur Stärkung von Selbstmanagement, Selbststeuerung und Selbstregulierung[71] sowie positive Effekte von Volition[72], als auch Führungskonzepte.[73][74](…)

In psychotherapeutischen Standardwerken finden sich kaum spezifische Hinweise zur Behandlung von Burnout[75], vermutlich weil Burnout selbst wenig spezifisch ist.[76] Bereits Christina Maslach, Mitbegründerin der Burnout-Forschung, machte darauf aufmerksam, dass sich Lehrer, Ärzte, Pflegepersonal oder Gefängnisaufseher aufgrund unterschiedlicher Burnout-Profile einer einheitlichen Intervention entziehen.[77] Vor diesem Hintergrund erschöpfen sich Therapievorschläge häufig in sehr allgemein gehaltenen Empfehlungen zur Nutzung von westlicher oder östlicher Medizin, zur Arzt-Patient-Beziehung[78], zum Anstreben von Zufriedenheitserlebnissen, der Suche nach zwischenmenschlicher Unterstützung oder der Verbesserung sozialer Fertigkeiten.[79]

Eine Metastudie[80] zur Effektivität von Interventionsprogrammen für das Burnout-Syndrom, welche sich zu 68 Prozent mit personenbezogenen, zu 8 Prozent mit organisationsbezogenen und zu 25 Prozent mit einer Kombination aus beiden Aspekten befassten, zeigt, dass rund 80 Prozent der Programme zu einer feststellbaren Abschwächung des Burnout-Syndroms führten. Auch wenn dies für die Wirksamkeit von Interventionen bei Burnout spricht, so handelt es sich nach Ansicht der Autoren bei den Interventionen um Einzelmaßnahmen, die nicht auf einem wissenschaftlich fundierten Erklärungsmodell des Burnout-Syndroms beruhen. Die Maßnahmen gingen nicht über das Niveau des gesunden Menschenverstandes hinaus, die Forschung hierzu stehe erst am Anfang.(…)

Die volkswirtschaftliche Bedeutung wird unterschiedlich eingeschätzt. Die Europäische Agentur für Sicherheit und Gesundheitsschutz am Arbeitsplatz beziffert im Jahr 2010 die volkswirtschaftlichen Folgekosten des Burnout-Syndroms in der EU auf rund 20 Milliarden Euro jährlich.[81] Demgegenüber ermittelte die DAK 2013 einen deutlich gesunkenen Bestand von

Krankmeldungen wegen Burnout und erklärte, die Burnout-Verbreitung werde „deutlich überschätzt".[82] Laut DAK-Psychoreport 2019 allerdings ist die Häufigkeit der Diagnose Burnout auf Krankschreibungen wieder etwas angestiegen.[83]

Laut Weltgesundheitsorganisation (WHO) beträgt der jährliche volkswirtschaftliche Schaden durch Burnout über 120 Milliarden Dollar allein in Europa und Nordamerika.[84](…)

Burnout in der Bedeutung psychischer oder körperlicher Erschöpfung findet sich in der Literatur schon 1599 bei Shakespeare:[85] "She burnt with loue, as straw with fire flameth, She burnt out loue, as soon as straw out burneth."[86] Zu größerer Popularität kam der Begriff durch die Erzählung A Burnt-Out Case von Graham Greene aus dem Jahr 1960. Beschrieben wird ein desillusionierter Architekt, der seinen Beruf aufgibt, um anschließend im afrikanischen Dschungel zu leben (Aussteiger).[87] Erfahrungen mit dem Burnout-Syndrom beschrieb Miriam Meckel in ihrem autobiographischen Roman Brief an mein Leben, der mit Marie Bäumer in der Hauptrolle verfilmt wurde.[88] Inzwischen erfährt der emotionale Erschöpfungszustand des Burnout breite Beachtung in der interdisziplinär angelegten Ratgeberliteratur zur Stressbewältigung wie auch im gesundheitstouristischen Sektor.[89][90](…)"
(Wikipedia, 08.04.2021)

9

Also pass auf. Die dicke Christel ist doch Krankenschwester, innere Männer, Kardiologie. Und in ihrem Krankenhaus herrscht seit Jahren eklatanter Personalmangel, und überall laufen total frustrierte Schwestern rum. So. Morgens sind auf Christels Station etliche Bettlägerige zu waschen und die ganze andere Arbeit muss auch noch erledigt werden, und dafür sind einfach nicht genügend Schwestern da, der einzige Pfleger im ganzen Haus arbeitet in der Ambulanz, sonst gibt es nur Krankenschwestern und Lernschwestern in der Ausbildung. So. Und es gibt in dieser Klinik keine einzige Krankenschwester die über 50 ist, nur der Krankenpfleger in der Ambulanz, der ist 53, und da muss man sich ja schon mal die Frage stellen warum es in der ganzen Klinik keine einzige ältere Schwester gibt, quasi die Frage wo sind die denn alle geblieben, und die Antwort ist ganz klar, bis siebenundsechzig hält die Krankenpflege, und dann auch noch in so einer Klinik, kein Normalsterblicher physisch und psychisch unter diesen umständen in der Pflege aus, da bist du dann nämlich schon unter 50 ein körperlich-seelisches Wrack, wenn du nicht frühzeitig genug den Absprung schaffst. So. Und auf Christels Station sind lauter junge Schwestern, fast alle deutlich unter 30, auch die Stationsschwester ist

73

27, nur Christel ist 45 und hat gerade erst von einer anderen Station, von der Chirurgie, auf die Kardiologie gewechselt, aus persönlichem Interesse an dem Fachgebiet, wie sie sagt. So. Und nun ist die Christel deutlich übergewichtig und auch nicht mehr so taufrisch wie die ganzen anderen jungen hübschen Schwestern, und es herrscht totaler Personalmangel und Dauerstress, und dann ist die Christel auch schon etwas langsamer bei ihrer Arbeit und eben optisch auffälliger als die ganzen Anderen, und dann gerät sie natürlich schon bald ins Fadenkreuz ihrer bissigen und gestressten Kolleginnen. Anfangs gibt es nur immer Genöle weil sie angeblich zu langsam arbeitet, und sie ist ja auch noch nicht lange auf dieser Station, quasi Einarbeitungszeit, aber die gibt es in der heutigen Pflege ja kaum noch, da geht der Dauerstress bereits am ersten Tag los, quasi friss oder stirb, und dann haben diese jungen Kolleginnen ein Auge auf die Christel geworfen und behaupten immer öfter sie würde ihre Arbeit nicht vernünftig machen, quasi Dauergenöle, quasi Mobbing. So. Und die Stationsleiterin geht dann zur Pflegedirektorin, und die ist auch deutlich jünger als die Christel, nämlich 33, und möchte die Christel von der Station wegversetzt haben, quasi so schnell wie möglich wieder loswerden, und die Pflegedirektorin spielt da aber nicht mit weil sie die Christel von der früheren Station her gut kennt, und da war, sagt die Pflegedirektorin, die Christel eine beliebte und ausgezeichnete Krankenschwester. So. Die Christel bleibt also, vorerst, in der Kardiologie und die bissigen jungen Schwestern sollen sich mit ihr arrangieren, das tun sie aber nicht, sie rotten sich zusammen und machen der Christel, wo es nur geht, das Leben auf der Station schwer, so kontrollieren sie ihr beispielsweise hinterher und bemängeln, wo es nur geht, ständig ihre Arbeit, und machen sie hinterm Rücken von Christel sogar bei den Patienten lächerlich und verächtlich. So. Aber die Christel lässt sich von den Kolleginnen nichts gefallen, wehrt sich, und geht irgendwann auch zur Pflegedirektorin, und die sagt zur Christel, dass sie sie ja erst vor Kurzem auf diese Station versetzt habe, und für eine erneute Versetzung derzeit keine Möglichkeiten habe, quasi die Christel soll durchhalten und irgendwann gibt sich das schon. So. Es gibt sich aber nicht. Es wird immer schlimmer. Und dann lässt sich die Christel krankschreiben, und nachdem sie danach wieder auf diese Station zurückkehrt ist sie vollständig zum erklärten Feindbild der anderen Schwestern auf dieser Station mutiert, und sie hat zu diesem Zeitpunkt noch keine einzige Verbündete. Das ändert sich an dem Tag als die Christel einer alten aus dem Bett gefallenen schwer herzkranken Frau, die sich bei dem Sturz einen Oberarmbruch zugezogen hat, der soll wegen der schweren Herzkrankheit, das Narkoserisiko ist zu groß, nicht operativ versorgt werden sondern durch Ruhigstellung durch den „Cast", diesen „Cast" anlegt, das Zubehör hat sie von ihrer früheren chirurgischen Station geholt, und eine junge Kollegin schaut dabei zu., und die Ärzte sind nach dem Röntgen der Frau mit dem „Cast"-Verband hoch zufrieden.

„(…)Ein Castverband (Cast bzw. Kunststoffgips genannt) ist ein ruhigstellender Verband, der als Alternative zu Gipsverbänden z. B. im Rahmen der Knochenbruchbehandlung angelegt wird. Die Bezeichnung Cast (englisch Guss) soll die gute Anmodellierbarkeit verdeutlichen. Der Begriff ist ein Pseudoanglizismus, da im Englischen das Wort cast für sämtliche ruhigstellenden Verbände (also Cast und Gipsverband) benutzt wird. Das dehnbare Trägergewebe besteht aus Glasfasern oder Polyester, das mit einem Kunststoffharz beschichtet ist, welches durch Eintauchen in Wasser (analog zu Gipsbinden) aktiviert wird. In Abhängigkeit von der Wassertemperatur und der Tauchzeit steht nun mehr oder weniger Zeit zur Verfügung, den Verband anzulegen und zu modellieren. Es gibt auch die Variante, dass der Verband trocken angelegt und anschließend durch Benebeln mit Wasser aktiviert wird. In der Regel sind Castverbände nach 30 Minuten ausgehärtet und damit voll belastbar. In der Erstphase der konservativen Knochenbruch-Behandlung werden zumeist herkömmliche Gipsverbände angelegt, die unmittelbar nach dem Aushärten in Längsrichtung gespalten werden (Spaltgips), um der ruhiggestellten Extremität weiteres Anschwellen zu ermöglichen, welches ansonsten durch einen zirkulär geschlossenen Verband nicht möglich wäre. Nach dem Abschwellen kann dann ein zirkulärer Castverband angelegt werden; daher werden Castverbände oftmals auch als Sekundärverbände bezeichnet. Umgangssprachlich werden auch Castverbände häufig als Gips bezeichnet, da sich dieser Name für immobilisierende Verbände eingebürgert hat.(…)"(Wikipedia, 08.04.2021)

Und ob du es glaubst oder nicht, die junge Kollegin lobt die Christel, nachdem sie den „Cast" von ihr gesehen hat, bei der Stationsschwester, und die führt ein persönliches Gespräch mit der Christel, quasi umfangreiche Aussprache, und dann kommt es schon bald im gesamten Team zu einer Aussprache mit der Christel, und das Eis ist gebrochen, und die Christel wird fortan immer mehr integriert und respektiert, und das Mobbing wird beendet.

Positive Anlässe sind also beim Mobbing ganz wichtig, damit es aufhört, sonst hilft oft nur die Versetzung oder die Kündigung. So.

Aber das geht nicht immer so glimpflich und vernünftig aus, auch wenn es genügend positive Anlässe gibt. Der Willen und das Handeln aller Beteiligten sind beim Mobbing ganz wichtig.

10

Und was ist beim Burn-out. Du wirst immer schwächer, du bekommst immer häufiger Angst- und Panikattacken, quasi Blutdruckkrisen mit Kollaps und Zittern am ganzen Körper und mit Todesangst, du wirst immer depressiver und mutloser, du kannst nachts nicht mehr richtig schlafen und hast immer Alpträume, deine Bilder im Kopf haben sich über die letzten Jahre immer mehr verdüstert, und du gehst weiter jeden Tag pflegen, auf Biegen und Brechen schleppst du dich zu deinem Job, und die Krankschreibungen werden immer häufiger, dann, wenn gar nichts mehr geht, und die KollegInnen merken fast nichts, weil du der Durchhaltetyp bist, weil du deine letzte Kraft für den Job zusammenkratzt, und das reicht eben immer noch dafür dass du einen einigermaßen guten Job machst, aber nach deinen Schichten brichst du zuhause regelmäßig zusammen, aber das merkt ja keiner, noch nicht, und dann versuchst du dich mit dem Alkohol und mit Psychopharmaka zu therapieren, du trinkst viel zu viel, aber auch das merkt ja keiner, noch nicht, denn Schwestern/Pfleger die nicht saufen sind wie Katheter die nicht laufen… Oder?

Und dann kommen wieder die düsteren Gedanken an Früher, denn die stehen immer im Hintergrund deines Pflegedaseins, die steuern deine hilflose Seele.

Deine kranke Seele kriegt dich irgendwann, da kannst du machen was du willst.

Pass auf. Stell dir folgende Frage. Was ist das Gegenteil von Leben? Ich würde sagen: Sterben, und wenn Schluss ist: Tod. Und gleich die nächste Frage. Was ist das Gegenteil einer Lebenszeit, und ich sage immer, Gegenteil ist Gegenteil, Gegenteil von Sex kein Sex, Gegenteil von Arbeit keine Arbeit, Sekt oder Selters, und da siehst du, was bei solchen Fragen nach dem Gegensatzprinzip herauskommt: Todeszeit, und die muss nicht erst mit dem Probeliegen beginnen, nein, das kann schon kurz nach der Geburt losgehen, und dann geht das weiter und weiter und immer so weiter…

Wenn du grübelst erscheinen dir immer die gleichen Bilder. Die hängen verkehrt herum in deinem Kopf wie die Baselitz Gemälde. Kopfstand von Geburt an.

Du hast deutliche Erinnerungen: Dein Vater: Arschloch! Deine Mutter: Arschloch! Deine Großmutter: Arschloch! Deine Verwandten: Arschlöcher! Deine Lehrer: Arschlöcher! Deine Nachbarn: Arschlöcher! Deine Freunde: Arschlöcher! Deine Arbeitskollegen: Arschlöcher! Und Du?: Arschloch!

Manchmal denkst du, es könnte sich um ein geheimes Experiment handeln. Die haben zum Beispiel mit deinem Vater in der

Kriegsgefangenschaft Experimente durchgeführt. Natürlich mal wieder die Amis. Geheimdienst. Geheimnisvolle Substanzen. Und und und. Oder deine Mutter. Die hat doch als junges Mädchen den Waffen-SS Offizier kennen gelernt. Na ja, kennen gelernt. Das klingt irgendwie so unverbindlich. Da war schon noch mehr. Und der Waffen-SS Offizier hat ja bei diesen Geheimprojekten mitgearbeitet. Ingenieur. Vielleicht war deine Mutter für den so etwas wie ein Versuchs- Kaninchen. Geheimnisvolle Rituale und und und. Na ja. Und dann haben deine Eltern geheiratet, und wenig später haben sie dich gezeugt. Und dann: nahm das Drama seinen Lauf…

Du hast sie in Gedanken zerlegt. Dein Schattenspieler hat sie an den Metallhaken gehängt. Damit sie abtropfen kann. Sie bewegt sich vor deinem Blick. Deine Augenblicke sind trüb geworden, vorbei. Sie hängt am endlosen Band deiner Hoffnungslosigkeit, zerbricht, sieht, wie sie weitertransportiert wird, wie sie weggeht. Sie lächelt dich nicht an.

„Geht´ s Dir gut?"

„Ich weiß es nicht. Ich muss gehen. Gehen."

Die Ideen des Guten hören sich jetzt gelassen an. Den Höhlenausgang verschließt Beton. Das kriegerisch lodernde Feuer zeichnet gleißende Schatten an Wände. Aus dem Feuer schreien die Kämpfer und die Hexen. Tabletten zwängen sich in den Schlund. Sie durchlaufen deine innere Uhr. Stetige Ergänzung. Tägliche Erneuerung.

Neueinstellungen. Verwandlungen. Das Licht fällt anders. Es steht. Halte es für einen Moment lang fest! Es brennt dir. Es bedeckt dich.

Du warst und wurdest Nichts und Nichts blieb. Nur du.

„Du hast schon wieder diesen seltsamen Blick. Denkst du an mich, während du glasig durch mich hindurchschaust, wie durch ein ungeputztes Toilettenfenster mit Blick auf die Straße?"

Draußen spielen sie nicht. Sie fahren nur, halten immer wieder an, gehen nur, bleiben selten einmal stehen.

„Hast du deine Notdurft verrichtet?"

„Du hast dich von mir abgewendet. Du gehst gebückt. Ich möchte nicht hinter dir her schauen."

„Als ich das Wort Mutter zum ersten Mal hörte, war ich sprachlos. Damals war das noch viel weniger. Ich war noch im Raum. Es war deine Wärme, die ich dann später immer kälter spürte, dann wie den gefrorenen Bach fühlte, der unter dem frischen Eis immer weiter gluckert."

„Meistens sehe ich Licht. Es wirft mir seinen Schatten mit solcher Wucht entgegen, fast grau. Manchmal stehen Bäume. Am Rand welken schon wieder die Blumen. Ich habe jeden einzelnen Gedanken umgedreht, wie eine letzte Münze. Der Geschmack des Herbstnebels weicht dem Lärm."

„Es war kein Glück mit euch. Mir entleerte es."

„Jede Berührung zieht schimmernde Streifen. Sie gräbt sich ein in das brennende Fleisch. Aus dem

Waber klingen schwebende Stimmen. In der deutlichen Entfernung verschatten sich meine letzten Sätze. Unsere gemeinsamen Bilder krächzen. Ohne Licht stand ich eben im ausgehöhlten Stein."

„Du hast sie eingelegt, löschst das Licht, huschst vorbei. Sie werden dort warten, bis du sie wieder einsetzt, wohl morgen, zum Plastikbeißen. Sie dienen dir kaum noch. Wackeln trotz Haftpulver, und es schäumt im Rachen, Schleim."

„Damals spielte ich einen Zwerg. Ich hatte den kleinen Rucksack mit den Äpfeln verloren, und dann lief ich von der falschen Seite auf die Bühne. Schneewittchen war bereits aufgestanden und verschwand mit den anderen Zwergen. Ich bin allein. Sie lachen. Du drückst mir auf der Toilette immer wieder dein Knie in den Rücken. Mach schon, flüsterst du hinter mir. Es kommt nichts."

„Das rote Sofa steht unter der Dachschräge. Wir spielen auf dem Boden mit Holz- und Blechautos. Der Krieg ist seit über zehn Jahren vorbei. Sie rauchen und reden, trinken starken Kaffee, dazu gibt es deinen selbst gebackenen Kuchen."

„Montag ist wieder Waschtag."

„Der Holzmöbelwagen holpert über das glänzende Kopfsteinpflaster. Er wird von zwei braunen Pferden gezogen. Es regnet. Kleine Frösche hüpfen auf dem Pflaster. Einige werden von den großen Eisenrädern auf den nassen Steinen zerquetscht."

„Während sie reden, reden sie über nichts. Sie reden immer über nichts, streiten sich über nichts, untere."

„Die dicke Frau lächelt. Ein Mann verlässt den Kiosk. Tabakgeruch."

Der kleine Sandgarten ist zerstört. Der Mann hat die verwelkten Blumen und die gesammelten dünnen Stecken herausgerissen, die kleinen Steine weggeworfen, weit weg. Mit dem Fuß, mit seinem Schuh, hat er alles weggeschoben, hat er deinen kleinen Garten planiert, vor seiner Gartenmauer weggeräumt, kleine Träume, zerstört. Dein Holzlaster hängt an der Paketkordel. Du ziehst das Holzauto polternd hinter dir her und starrst auf deinen zerstörten Sandgarten, als du um die Ecke biegst. Dein kleiner zerstörter Sandgarten. Dein gezogenes Holzauto. Und Du...

Sie hat dich abgelegt während sie wäscht. Sie bremst deine Bewegungen während du schaukelst. Dein Holzpferd trägt dich fort. Sie krallt sich ein. Deine waschende Schattenmutter.

Sie waren im Sommer in eine winzige Mietwohnung gezogen. Nur die enge Küche konnte mit einem Einzelofen, auf dem auch gekocht wurde, beheizt werden. Die Wohnung war höchstens fünfzig Quadratmeter groß, hatte Dachschrägen und keinen Balkon. Um bei Kälte auch das kleine, unmittelbar neben der Küche gelegene, Wohnzimmer, und hinter dem Flur das Schlafzimmer, zu beheizen, wurden die Türen offengelassen. Abends, kurz bevor sich alle schlafen legten, wurde auf die Glut im Küchenofen ein Brikett gelegt, in der Hoffnung, es würde die ganze Nacht durchglühen. Im Winter war das Schlafzimmerfenster innen mit großen Eisblumen bedeckt.

Im Herbst zog die Großmutter in die kleine Wohnung. Von Drüben. Heimatvertrieben. Aus Böhmen. Kurz vorher war ihr Mann gestorben. Zweiundsechzig. Alkoholiker. Leberzirrhose. Die Krampfadern in seiner Speiseröhre waren geplatzt. Verblutet.

Der lange heiße Sommer und der sonnige Herbst schenkten ihnen etwas mehr Raum. Sie spürten ihn. Die empfundene Befreiung nahm mit dem Einzug der Großmutter für alle ein jähes Ende.

Die Großmutter hatte ein eigenes Bett und schlief mit im Schlafzimmer.

Hinter dem Haus hatten alle Mieter ein kleines Stück Land. Einige betrieben auch Kleintierhaltung in ihren Schuppen. In ihrem schmalen Garten standen ältere Birnen- und Kirschbäume.

Pferdefuhrwerke waren häufig. Die meisten Straßen waren noch nicht asphaltiert. Die Großmutter ging regelmäßig die sandigen Wege ab. Wenn sie irgendwo frische Pferdeäpfel entdeckte, schaufelte sie sie mit einer kleinen Blumenschaufel behutsam in eine große alte Einkaufstasche. Mit der prall mit Pferdemist gefüllten Tasche kehrte sie irgendwann in den Garten zurück und düngte mit dem Mist die Erdbeerstauden, an denen jeden Sommer riesige dunkelrote Erdbeeren hingen.

Irgendwann starb das schwarzweiße Kaninchen.

Eure Betten passten knapp hintereinander an die eine Wand. Gegenüber standen eure Kleiderschränke. Zwischen euren Betten und Schränken verlief von einer Wand zur anderen eine Eisenstange, an der ein schwerer dunkelgrüner Vorhang bis zum Boden hing. Er war mit Metallringen an der Stange befestigt und ließ sich soweit zuziehen, dass der Teil des Raumes mit der Tür von dem Teil des Raumes mit dem Fenster nahezu vollständig getrennt schien.

Deine Großmutter hörte nachts Stimmen. Und sie schnarchte nachts nicht nur, sondern wachte auch immer wieder auf, um sich mit einer dämonisch klingenden Flüsterstimme in unterschiedlicher Lautstärke mit den Stimmen zu unterhalten.

Du schliefst nachts immer mit Licht. Die Angst!

Deine Mutter kam jede Nacht, um die kleine Lampe auszuschalten. Sie hielt es für Stromverschwendung, wenn das kleine Licht nachts brannte.

Die Großmutter versuchte mehrmals, sich umzubringen. Erfolglos. Später brachte sie dann der Schlaganfall um.

Deine Eltern besaßen einen Fernseher und ein Auto.

Die Großmutter hatte in der Nähe eine kleine Mietwohnung bezogen. Sie hatte noch mehrmals vergeblich versucht, das Fahrradfahren zu erlernen, bevor sie nach einem Oberschenkelhalsbruch, nach einem ihrer vielen Stürze mit dem Rad, endgültig aufgab.

Der kleine Garten mit den Erdbeerstauden existiert nicht mehr.

Gedankensprung. Du bist wieder zurück im Hier und Jetzt. Gleich gehst du wieder arbeiten. Du hast gestern Abend zwei Flaschen Rotwein getrunken. Es geht schon. Noch. Es muss gehen. Irgendwie. Und irgendwann kommt dann der große Zusammenbruch, DER Kollaps, und bis dahin, das wird nicht mehr lange dauern, das spürst du…

11

Jetzt was muss sich ändern. Die Pflege gehört generell aufgewertet, und das geht nur durch Bildung.

Wer eine Hauptschule besucht hat und danach eine Ausbildung abgeschlossen hat kann zur Zeit eine Ausbildung zur Pflegefachfrau/zum Pflegefachmann absolvieren. Das muss sofort aufhören.

Wer eine Hauptschule absolviert ist ein Bildungsfeind, oder er hat große Schwierigkeiten mit dem Lernen, beides läuft aufs Gleiche hinaus.

Wer große Schwierigkeiten mit dem Lernen hat gehört auf eine entsprechend therapeutisch flankierte Förderschule.

Die Hauptschule gehört sofort abgeschafft.

Ziel muss eine Mittel- oder Gesamtschule(Gesamtschule mit Abitur) und das Gymnasium sein, wo mindestens die mittlere Reife, und/oder das Abitur erreicht wird, die mittlere Reife muss auch Ziel der sogenannten Förderschulen sein, wobei es immer SchülerInnen geben wird die gar nichts erreichen, aber damit muss eine aufgcklärte Gesellschaft auch leben können.

Deutschland ist kein rohstoffreiches Land, daher ist der einzig verlässliche Rohstoff in Deutschland **Bildung** und die muss in den Schulen und in den dualen Ausbildungen noch wesentlich umfangreicher vermittelt werden.

Es darf nur noch zwei Arten von LehrerInnen geben, ausgebildete GymnasiallehrerInnen, die an Mittelschulen, Gesamtschulen, Gymnasien, Förderschulen und Berufsschulen unterrichten, und GrundschullehrerInnen, die an den Grundschulen unterrichten und therapeutisch noch zusätzlich geschult sind.

Alle, egal wie ausgebildeten, LehrerInnen müssen die gleiche Gehaltseingruppierung erhalten und die Möglichkeit haben bis zur Oberstudiendirektorin/bis zum Oberstudiendirektor aufzusteigen, auch GrundschullehrerInnen.

Für die Ausbildung zur Pflegefachfrau/zum Pflegefachmann muss mindestens die mittlere Reife und eine qualifiziert(mindestens mit gut) abgeschlossene Berufsausbildung, besser die Fachhochschulreife oder das Abitur, vorausgesetzt werden.

Krankenpflegefachschulen in ihrer jetzigen Form darf es zukünftig nicht mehr geben. Diese Schulen müssen ausnahmslos alle in den Rang von Hochschulen erhoben werden mit allen akademischen Rechten, auch dem Promotionsrecht. Der Abschluss an diesen neuen Krankenpflegehochschulen muss nach dreijähriger Ausbildungszeit ausnahmslos der Bachelor sein mit gleichzeitiger allgemeiner Hochschulreife.

Die neue Krankenpflegeausbildung mit Bachelor Abschluss gehört mehr verschult.

Es reicht völlig aus wenn im ersten Ausbildungsjahr mit 1,5 Tagen Schule pro Woche eine Schülerin/ein Schüler 4 Monate auf einer inneren Abteilung, 4 Monate auf einer chirurgischen Abteilung, und 4 Monate auf einer Intensivstation arbeitet.

Die Geräte auf einer Intensivstation kann man selbst einem Laien innerhalb von 2 Wochen mit ein bisschen gutem Willen gut erklären.

Der Rest ist dann Berufspraxis, genau so wie auf den anderen Stationen.

Diese Berufspraxis auf diesen 3 Stationen reicht völlig aus, den Rest kann man nach seiner Ausbildung noch näher kennenlernen.

In den Ausbildungsjahren 2 und 3 ist dann nur Ganztagesunterricht mit deutlich mehr pflegerischem, medizinischem, u.a. Fachwissen. Hinzu kommt während dieser Zeit Unterricht in Deutsch, Englisch und Mathematik oder Geschichte.

Nach drei Jahren ist dann nach bestandener Prüfung die Pflegefachfrau/der Pflegefachmann Bachelor, nennt sich aber Pflegefachfrau/Pflegefachmann.

An diesen neuen Pflegehochschulen können Pflegefachfrauen/Pflegefachmänner aber noch zwei Jahre Theorie dranhängen und schließen dann mit einem Master ab.

In diesen zwei weiteren Jahren, in den drei Jahren zur Pflegefachfrau/zum Pflegefachmann wurde ja schon wesentlich mehr medizinisches Wissen vermittelt als heute, qualifiziert sich die Pflegefachfrau/der Pflegefachmann zum Pflegetherapeuten/zur Pflegetherapeutin und erhält nach der Abschlussprüfung zum Master gleichzeitig die staatliche Anerkennung als Heilpraktiker/Heilpraktikerin, diese Prüfung wird im Rahmen der Masterprüfung mitgeprüft.

Das Wissen für den Heilpraktiker/die Heilpraktikerin erhält der Student/die Studentin in den zwei Jahren Studium, welches ein Ganztagesstudium ist, mitvermittelt.

Pflegetherapeuten dürfen, parallel zu Ärzten, auf den Stationen der Kliniken, oder in Heimen, wo sie arbeiten, alle PatientInnen, wenn diese es wünschen, naturheilkundlich und pflegerisch eigenständig, ohne den Ärzten weisungsgebunden zu sein, therapieren.

Das Gehalt der neuen Pflegefachfrauen/Pflegefachmänner sollte jährlich, brutto, zwischen 60.000.- und 80.000.- Euro, je nach Aufgabe im Altenzentrum oder der Klinik, liegen.

PflegetherapeutInnen mit Master und Heilpraktiker Zulassung sollten über 70.000.- Euro brutto im Jahr verdienen.

PflegetherapeutInnen können sich auch selbständig machen und frei praktizieren.

Sowohl die neuen Pflegefachfrauen/Pflegefachmänner als auch die

PflegetherapeutInnen können die Pflege selbständig ausüben.

LehrerInnen an den neuen Pflegehochschulen müssen als DozentInnen(E 13 TVöD und Bewährungsaufstieg nach E 14 TVöD), akademische RätInnen usw., oder ProfessorInnen bezahlt und eingruppiert werden.

Jetzt werden sich einige fragen ob diese gebildeten Pflegespezialisten denn noch Tätigkeiten wie Waschen, den Schieber bringen, Toilettengänge begleiten und und und durchführen wollen. Die Sache ist ganz einfach. Es ist sinnvoller ein gebildeter Mensch führt auch einfache Tätigkeiten durch als dass ein weniger gebildeter Mensch komplexere Tätigkeiten übernimmt, und in anderen Ländern, wo die Krankenpflege schon lange wesentlich akademisierter ist als bei uns(z. B. USA) ergibt sich auch kein Konflikt zwischen der Durchführung „einfacherer" Tätigkeiten, Bildung, und Einkommen, wobei das Waschen, Lagern, usw., von Kranken einen therapeutischen Effekt hat und einer entsprechenden Ausbildung bedarf, was heute unbestritten ist.

12

Satirische Gedanken an eine lange zurückliegende Krankenpflegeausbildung:

Nach unserer wahnsinnig aufregenden Zeit bei der Armee meinten einige von uns bereits, sie hätten so viel Aufregendes in so ungewöhnlich kurzer Zeit gleichzeitig erlebt, dass diese Erfahrungen sicherlich schon, vom Umfang, einem erfüllten fünfzigjährigen Berufsleben gleichkamen.

Sie gingen daher zur kontemplativen Aufbereitung und persönlichen Umsetzung nach der Armeezeit noch für einige Zeit als Insassen in die Psychiatrie und danach in die wohlverdiente Rente.

Nun gab es natürlich auch Solche, die durch ihre Erlebnisse bei der Bundeswehr so stark motiviert waren, dass sie danach noch so richtig sinnvolle Dinge im Leben vollbringen wollten.

Zu denen gehörte damals wohl auch ich.

Ich entschloss mich, eine Krankenpflegeausbildung zu absolvieren und Krankenpfleger zu werden...

Ich absolvierte meine Ausbildung in einer großen Klinik der sogenannten Maximalversorgung.

Maximal bedeutete, dass man am Maximum eines Klinikwahnsinns mitwirken durfte, wie er sich uns damals nahezu allgegenwärtig offenbarte.

Fast alle Gebäude waren als Einzeldenkmäler geschützt.

Hier durften die Insassen noch echte Krankenhausgemeinschaften in riesigen Vierzehnbettensälen bilden.

Das förderte unter den Patienten das Zusammenhaltsgefühl in tiefer Not und führte auch zu einem gewissen Ausgleich.

Wenn einer der vierzehn Bewohner eines solchen Krankensaales an einer Lungenentzündung litt, übernahmen bald die Anderen solidarisch diese Krankheit auch.

Nun konnte auch endlich die Therapie in diesem Saal standardisiert werden.

Alle bekamen das gleiche Antibiotikum und überlebten, in der Regel, gemeinsam mit ihren sonstigen Erkrankungen, auch.

Hei, war das aufregend.

Notarztwägen, Intensivstationen, Wachstationen, riesige OP-Abteilungen, Dialyseabteilungen und die fachliche Hochspezialisierung der verschiedenen medizinischen Disziplinen, die besonders betuchten Insassen auch noch als Privatstationen, Orte besonderer Zuwendung, angeboten wurden.

Wir KrankenpfleGeschratze waren natürlich überall zu finden.

Wir waren eher Generalisten, also nicht so hochspezialisiert wie manche Ärzte.

Sicher gab es auch in unseren Breitengraden Tätigkeiten, die besondere Spezialisten erfordern konnten.

So beherrschte beispielsweise ein befreundeter Pflegeschratz eine Einlauftechnik, die Zusammensetzung der Einlaufflüssigkeit hatte er mir nie verraten, die stark übergewichtigen älteren Frauen, die an besonders hartnäckiger Verstopfung litten, danach eine tagelange, meist lang anhaltende Erleichterung verschaffte.

Sie saßen dann nach diesem Spezialeinlauf immer stundenlang, mehrere Tage, ununterbrochen auf der Toilettenschüssel und entleerten sich nachhaltig.

Viele nahmen während dieser Heilbehandlung bis zu einem Zentner ab, einige machten aber schon in der Anfangsphase schlapp und fielen bewusstlos von der Kloschüssel.

In solchen Fällen spielte oft eine schwere Begleiterkrankung eine zentrale Rolle.

Für die Behandlung dieser Patientinnen blieb dann oft genug nur die Intensivstation übrig.

In der großen OP-Abteilung wurden einige Freunde und ich zeitgleich eingesetzt.

Hier gab es riesige Professoren, Oberärzte, Ärzte und ganz große und wichtige OP-Schwestern.

Pfleger galten, außer in der Anästhesie, eher als nachrangig.

Eine Tiefkühltruhe wäre mir, verglichen mit der menschlichen Kälte dieser Zeitgenossen, damals wie ein Backofen vorgekommen.

Täglich tagten vor dem OP-Beginn die Earls der OP-Welt im „blauen Salon", einem Ort abgehobener Arroganz und verstiegener Verklemmtheit.

Die Pfleger und oppositionellen Ärzte trafen sich dagegen vor OP-Beginn in einer winzigen, total verräucherten Besenkammer mit Kühlschrank, der stets prall gefüllt war mit Bier, Korn, Whisky und Ouzo.

Hier wurden die wichtigen Dinge des Lebens besprochen, wie zum Beispiel, welche Röntgenassistentin man mal wieder während der letzten Nachtbereitschaft flach gelegt hatte.

Ganz klar war, dass sich die kleinen Lernschratze auch nur in dieser kleinen Besenkammer aufhielten.

Nach vielen Monaten Hilfspflegerdasein im OP kam unsere große Stunde.

Wir waren zu zweit als Springer, ein Hiwi, der alles hin- und herbringt, im septischen OP eingeteilt.

Die OP fand am Ende des regulären OP-Programms statt und das Pfingstwochenende stand unmittelbar bevor.

Während dieser Tage wurde der „blaue Salon" nicht benutzt und nicht betreten.

Ein halb verfaultes gangränöses übelriechendes vereitertes Diabetikerbein wurde abgesägt und in eincn blauen Sack gesteckt, um es darin in die Pathologie zu bringen.

Da kam es aber nie an.

Noch mit zwei weiteren Plastiksäcken überstülpt, die fest mit Klebeband verschlossen wurden, wurde das faulige Bein heimlich unter die Heizung im „blauen Salon" gelegt, nachdem alle OP-Schwestern gegangen waren.

Selbstverständlich wurde die Heizung voll aufgedreht.

Nach dem Pfingstwochenende erreichte die Begeisterung im „blauen Salon" dann ihren ultimativen Höhepunkt.

Die faulgasgefüllte Riesentüte war unter der Vollgas laufenden Heizung irgendwann wohl mit großem Knall, den allerdings scheinbar niemand gehört hatte, explodiert und hatte das verweste Leichenfleisch selbst noch in den entferntesten Ecken des „blauen Salons" schön gleichmäßig verteilt.

Die Gesichter der meisten OP-Earls sahen an diesem Tag sehr verfärbt aus.

Ich kann mich nicht daran erinnern, dass der „blaue Salon" während meiner restlichen Ausbildungszeit in dieser Klinik, ich war inzwischen längst in anderen Abteilungen eingesetzt, je wieder benutzt wurde.

Nach drei Jahren Ausbildungszeit hatten wir alle die Abschlussprüfung bestanden und beendeten unsere Krankenpflegeausbildungszeit mit einem tagelangen Fest…

13

Also pass auf! „Nein, die Infusion ist schon fertig. Zimmer 6. Hinten am Fenster. Der Atomotto. Die beiden Ampullen sind schon drin. Du brauchst sie nur noch anhängen."

Prima, denkt der Dirk, wieder zehn Minuten Atome.

Das mit den Atomen ist gar nicht so falsch. Aber die Sichtweise. Da läuft dir aus der Plastikflasche das Zeug in die Vene, und im Kopf passiert gar nichts. Du phantasierst weiter von den Atomen, und die werden täglich immer mehr, und irgendwann sind sie plötzlich alle verschwunden: Dann bist du tot.

„So, Otto. Die Flasche. Zeig mal deinen Arm her, damit ich die Flasche anschließen kann."

„Wer bist du denn? Bist du der heilige Geist? Der heilige Geist? Der Geist bringt die Atome. Die Atome. Und die Atome glühen im Körper. Im Körper. Das sind die Atome. Die Atome."

„So, Otto. Alles klar. Die Infusion läuft."

„Das sind die Atome. Das sind die Atome. Die Atome. Die Atome."

Der Dicke im Nachbarbett grinst, sagt aber nichts. Der Dirk nimmt beim Rausgehen seine randvolle Urinflasche mit. Da bist du immer wieder völlig sprachlos. Wie machen die das? Randvoll und offenbar kein Tropfen daneben. Dafür läuft dir dann der stechend riechende Urin über die Hand, als du die Türklinke runterdrückst. Na bravo! Und keine Handschuhe an. Danach läuft dir beim Ausgießen im Spülraum noch etwas von der Brühe über die Schuhe. Aber dafür gibt es ja das Desinfektionsspray. Und dann ganz schnell Händewaschen und danach ordentlich mit Sterilium einreiben. Das trocknet die Haut aus, riecht schön hygienisch, und beruhigt das Pflegergewissen..

Am nächsten Morgen ist das Bett vom Atomotto leer. Die Atome haben um zwei Uhr seinen Körper für immer verlassen. Mittags liegt schon der nächste drin. Leberzirrhose im Endstadium.

Eins beschäftigt den Dirk. Die Yu ist seit drei Wochen spurlos verschwunden. Es gibt aber Gerüchte. Angeblich soll sie mit dem jungen blonden Internisten aus der Dialyse in die Karibik geflogen sein.

Aber jetzt pass auf. Woher kommen diese Eingebungen. Du spazierst im Herbst alleine im Wald, du sammelst Pilze, der schmale Weg mündet später am Waldrand in eine asphaltierte Landstraße, es dämmert schon, und neben dem Weg ist eine düstere Fichtenschonung, quasi ein Dickicht, und plötzlich läufst du immer schneller Richtung Landstraße, weil du hast dieses Gefühl: Da ist Etwas, hinter dir, bloß nicht umdrehen und schnell zur Landstraße, und am Waldrand steht dann der Kombi, und siehst du, weit und breit ist niemand zu sehen, und jetzt gehst du spürbar erleichtert auf der Landstraße Richtung Ortsschild, und du siehst schon die ersten Häuser, und dann das, am nächsten Tag liest du es in der Zeitung. Aber jetzt woher kommt dieses Gefühl, denn genau so ein Gefühl hat der Dirk, als er an die Yu denkt, als er nach der Schicht ganz einsam im Klinikpark Richtung Wohnheim geht.